KiWi
1867

Über das Buch

Johanna Adorján entwirft mit »Ciao« eine Gesellschaftssatire, die extrem komisch ist und gleichzeitig ernsthaft gegenwärtig. Ist der Untergang des alten weißen Mannes beschlossene Sache oder sollte man mit dieser Spezies doch gnädig sein?

Hans Benedek, einst ein gefragter Feuilletonist, hat seinen Bedeutungsverlust selbst noch gar nicht realisiert. Er wähnt sich weiterhin als Mann von beträchtlichem Einfluss, aber die Zeichen mehren sich, dass sich etwas verändert hat. Seine ständigen Affären mit Praktikantinnen sind nicht mehr so unbeschwert wie noch vor einigen Jahren. Seine Tochter beschimpft ihn als Mörder, da er immer noch Bacon zum Frühstück isst. Als seine Frau ihn auf die Idee bringt, ein Porträt über die gefragteste junge Feministin des Landes zu schreiben, wittert Hans seine Chance. Doch die Begegnung mit ihr wird Hans in einen Abgrund von bisher ungekannter Tiefe stürzen.

Über die Autorin

Johanna Adorján, geboren 1971 in Stockholm, wuchs in München auf und studierte Theater- und Opernregie. Seit 1994 arbeitet sie als Journalistin, ab 2001 fürs Feuilleton der Frankfurter Allgemeinen Sonntagszeitung, heute für die Süddeutsche Zeitung. Ihr erstes Buch, der Bestseller »Eine exklusive Liebe«, erschien 2009 und wurde in 16 Sprachen übersetzt. 2013 folgte der Erzählungsband »Meine 500 besten Freunde«, 2016 ihr Roman »Geteiltes Vergnügen«, 2019 ihr Buch »Männer«. Johanna Adorján lebt in Berlin.

JOHANNA ADORJÁN

CIAO

Roman

Kiepenheuer & Witsch

ALL THINGS MUST CHANGE OR REMAIN THE SAME.

1

Sie war schon da. Die weißblonden Haare vorm Gesicht, saß sie über ihr Handy gebeugt an der Bar.

»Oh nein, du warst zu früh«, sagte Henriette. Sie war gerannt und etwas außer Atem.

»Ich bin auch gerade erst gekommen«, sagte Xandi Lochner, vor der ein leeres Glas Weißwein stand. »Wahnsinnig netter Laden, kannte ich nicht.«

Bevor sie ihr Handy wegpackte, konnte Henriette erkennen, dass Twitter geöffnet gewesen war. Kurzer Moment der Unsicherheit, würde man sich die Hand geben oder mit Wangenküssen begrüßen, doch schon war Xandi von ihrem Hocker gerutscht, und sie umarmten sich, als würden sie sich ewig kennen. Dabei sahen sie sich zum ersten Mal.

Xandi war klein und roch nach einem Duft, den Henriette selbst früher benutzt hatte. Ein Öl aus dem Body Shop. War es Musk? Sie trug ein weißes Hemd und weite schwarze Hosen, die bis auf den Boden reichten, sodass sie die Schuhe völlig verdeckten. Ihre Haare sahen von Nahem so seidig und weich aus wie die eines kleinen

Mädchens. Kein Härchen stand weg. Rechts und links von ihrem Mittelscheitel wuchs der Ansatz mehrere Zentimeter breit dunkel nach. Henriette beneidete sie darum, trotzdem nicht ungepflegt auszusehen, sondern cool. Es verlieh ihr etwas Punkiges. Ein Vorrecht der Jugend.

Das Restaurant war gut besucht. Auf den Tischen brannten Kerzen. Um die lange Tafel in der Mitte saß eine Gruppe laut durcheinandersprechender Spanier oder Lateinamerikaner und zauberte Urlaubsstimmung in den Raum. Henriette versuchte, die Aufmerksamkeit eines Kellners auf sich zu lenken, der jedoch ihr Winken gekonnt übersah. »Ich hab reserviert«, sagte sie zu Xandi, dabei hatte sie ihr das schon gemailt. Sie war nervös. Was wollte Xandi Lochner von ihr?

Zur Vorbereitung hatte sie sich deren Wikipedia-Eintrag durchgelesen. Für eine Vierundzwanzigjährige war er beeindruckend lang. Es gab sogar einen eigenen Absatz mit der Überschrift »Kontroversen«.

Alexandra »Xandi« Lochner wurde kurz vor der Jahrtausendwende in Linz geboren, war in Wien aufgewachsen und lebte seit dem Studium in Deutschland. Als Neunzehnjährige wurde sie durch selbst gedrehte und auf YouTube veröffentlichte Videos bekannt, in denen sie an ihrem WG-Küchentisch sitzend satirisch das Weltgeschehen kommentierte. Recht schnell hatte sie dann Feminismus und Genderungerechtigkeit als Thema für sich entdeckt. Ihre Kommentare waren schärfer geworden, ihr Auftreten immer sicherer, ihre YouTube-Clips zirkulierten im Internet. Und dann hatte das Fernsehen sie entdeckt, denn eine junge schlagfertige Feministin, die nicht nur cool aussah mit ihren schwarz oder weißblond oder auch mal pink gefärbten Haaren, sondern sich in der Gegenwart mit ihren Benachteiligungen, Privilegien und Begrifflichkeiten auskannte wie früher Männer in ihrer Westentasche, war natürlich für jede Talkrunde ein Gewinn. Dort konnte man sie fortan oft sitzen sehen, und bevor die anderen Gäste noch laut fertig überlegt hatten, was man heutzutage denn eigentlich überhaupt noch sagen dürfe, hatte Xandi Lochner schon drei Mal fehlerfrei *LGBTQ+* in einem Satz über Identitätspolitik untergebracht, und der alarmierende Hauch einer neuen Zeit wehte durch die abgestandene Luft des Fernsehstudios und riss die Zuschauer vor ihren Bildschirmen aus dem Dämmerschlaf.

Richtig berühmt wurde sie, als sie in einer Polit-Talkshow die homophoben Ansichten einer CSU-Politikerin fast gegen deren Willen aus ihr herauskitzelte. Sie ließ einfach nicht locker, war besser vorbereitet als die Moderatorin und konfrontierte diese arme Frau, die natürlich gar nicht arm war, sondern eine extrem unsympathische Fränkin mit Ansichten aus dem vorvergangenen Jahrhundert, mit einem belegten Zitat von ihr nach dem anderen. Ausschnitte aus dieser Sendung wurden tausendfach im Internet geteilt, die Politikerin trat kurze Zeit später zurück, angeblich aus persönlichen Gründen. Seither galt Xandi Lochner als eine Art moderner weiblicher Robin Hood, vor allem junge Frauen verehrten sie und sahen in ihr ein Vorbild. Aber es gab auch viele, die sie hassten. Sie veröffentlichte die Morddrohungen, die sie erhielt, in den sozialen Netzwerken.

Und jetzt hatte sie auch noch ihren ersten Roman geschrieben. »Es geht los« hieß er, vor drei Wochen erschienen. Ein Riesenbestseller. Natürlich. Die Verfasserin war ja aus dem Fernsehen bekannt. Er handelte von einer Zwölfjährigen, der eine gute Hexe verrät, wie die Welt zu retten ist. Henriette hatte ihn sogar gelesen, nachdem das Vorab-Presseexemplar, das ihr Mann nach Hause geschickt bekommen hatte, wochenlang unbeachtet auf einem der Bücherstapel in der Küche lag. Kein großer literarischer Wurf, dennoch hatte Henriette auf der letzten Seite Tränen in den Augen gehabt. Am Schluss stirbt das Mädchen beziehungsweise das Kind, das sich bis dahin als non-binär definiert (es opfert sich für die Welt). Und seit Henriette selbst Mutter war, konnte sie es nicht aushalten, von kranken oder sterbenden Kindern zu lesen. Die Vorstellung, dass der eigenen Tochter etwas zustoßen könnte, war zu brutal.

Die Kritik war überraschend gnädig mit Lochners schriftstellerischem Debüt umgegangen. Henriette nahm an, dass es am Thema lag: Dass nur die Jugend die Welt noch retten konnte. Aktueller ging es ja kaum.

Als der Kellner sich ihrer endlich annahm und sie an ihren Tisch führte, drehten sich die Köpfe einiger Gäste wie in einem Comic ein hektisches zweites Mal nach Xandi Lochner um. Sie schien aber keine Notiz davon zu nehmen, dass sie erkannt wurde, wahrscheinlich war sie es einfach gewohnt.

»Und, wie geht's dir mit allem, du hast doch bestimmt gerade wahnsinnig viel um die Ohren«, sagte Henriette, nachdem sie sich gesetzt hatten und der Kellner verschwunden war, um die Speisekarten zu holen. »Ach, geht schon«, sagte Xandi Lochner, »macht eigentlich wahnsinnig viel Spaß.«

Jetzt im Sitzen sah ihr Kopf riesig aus, dachte Henriette. Beinahe, als wäre der Kopf einer anderen, viel größeren Person auf ihren zierlichen Körper draufgeschraubt. Wahrscheinlich hatte sie deswegen angenommen, Xandi Lochner sei größer als sie. Sie kannte diesen Effekt von Filmschauspielerinnen, die in echt auch oft überraschend klein waren unter einem riesigen breitflächigen Gesicht.

Henriette folgte Xandi Lochner auf Instagram und Twitter. Sie war eine der wenigen Prominenten, die sie dort nicht nervten. Dabei postete Xandi Lochner wahnsinnig viel, vor allem auf Twitter. Meistens kommentierte sie, was andere, in der Regel Männer, in der Öffentlichkeit falsch gemacht hatten. Auf Pointe geschrieben, nie gallig oder schlecht gelaunt. Henriette bewunderte sie dafür.

Wann immer sie selbst sich daran versucht hatte, etwas im Internet zu kommentieren, hatte es klugscheißend und verbittert geklungen. Sie hatte das meiste nach ein paar Minuten wieder gelöscht und irgendwann eingesehen, kein Talent für dieses Medium zu haben. Aber das war ja in ihrem Fall auch völlig egal. Sie war eine Privatperson. Fast alle, die ihr auf Twitter folgten, waren mit ihr verwandt. Inzwischen las sie nur noch passiv mit.

Sie fragte sich, wie diese jungen Frauen das machten. Es gab auf einmal so viele, alle ungefähr zu der Zeit geboren, als sie Abitur machte, die sich selbstverständlich Feministinnen nannten, ohne die Abwehrreaktionen mitzudenken, die früher in Kauf genommen werden mussten, wenn man sich dazu bekannte. *Iiih, Achselhaare*, hatte es zu ihren Schulzeiten geheißen, *iiiih Alice Schwarzer, iiih lila Latzhose*. Am besten hatte man selbst am lautesten gelacht, um nicht als unsympathische Emanze dazustehen, oder, etwas später und eher im Nachtlebenkontext, als »unterfickt«.

Ob Xandi das alles überhaupt wusste? Henriette war immer noch verblüfft darüber, dass Xandi Lochner sie kontaktiert hatte, mittels einer Direktnachricht auf Twitter. Sie hatte keine Ahnung, wie sie sie gefunden hatte. Dass sie inzwischen Benedek hieß, konnte sie eigentlich nur aus dem Wikipedia-Eintrag über Hans haben, ihren Mann. Hans Benedek, Rubrik Leben, letzter Satz: *Er lebt mit seiner Frau, der Dichterin Henriette Weiss, und ihrer gemeinsamen Tochter in Berlin.* Aber woher sollte sie wissen, dass sie mit dem Journalisten Hans Benedek verheiratet war?

Henriette hatte sich vorgenommen, an diesem Abend etwas darüber zu erfahren, wie das Leben aus Sicht einer zwei Jahrzehnte jüngeren Frau heutzutage aussah, einer jungen Frau, die vom Alter eigentlich näher an ihrer Tochter war und die ihr doch so wahnsinnig weit und irgendwie richtig vorkam. Als hätte sie das Herz auf dem rechten Fleck oder, wie ihr Mann immer sagte, wenn er seinen Redaktionsleiter nachahmte (was Henriette hasste, weil er dann ganz schlecht wienerte), als hätte sie »alle Tassen im Schrank«.

Dass Xandi Lochner ihren Gedichtband kannte, war ihr immer noch unbegreiflich. Er war vor über zwanzig Jahren erschienen, damals noch unter ihrem Mädchennamen, und für einen winzigen, längst vergessenen Moment hatte es ausgesehen, als wäre sie, Henriette Weiss, eine große literarische Hoffnung. Sie hatte sogar am Bachmann-Wettbewerb teilgenommen, hatte mehrere Tage in diesem entsetzlichen Klagenfurt zugebracht. Von der Veranstaltung, bei der sie nichts gewonnen hatte, war ihr hauptsächlich in Erinnerung, dass sie sich in ihren Jeans falsch angezogen fand.

»Summ diese Melancholie« stand über dem Porträt, das der inzwischen verstorbene Literaturkritiker Raoul Schellenberg über sie geschrieben hatte. Sie war den

Verdacht nie losgeworden, dass sich dieser elegante ältere Herr, der ihres Wissens nach schwul gewesen war, in ihr Autorinnenfoto verguckt hatte. Auch andere Feuilletons hatten ihren Band wohlwollend besprochen, immer war dazu dieses Foto gedruckt worden. Es war ein Schwarz-Weiß-Porträt, auf dem sie sehnsuchtsvoll wie eine französische Chansonsängerin der Sechzigerjahre in die Kamera sah. Ja wirklich, sie ähnelte darauf ein wenig Juliette Gréco. Bis heute war es ihr nicht wieder gelungen, den Lidstrich so perfekt hinzubekommen.

Die Restbestände von »Frau mit Hut«, drei Umzugskartons voll, lagerten bei ihnen im Keller. Sie hatte sie mit mehreren Lagen Plastikfolie umwickelt, damit sie den nächsten Wasserschaden, mit dem in ihrem Altbau zu rechnen war, heil überstehen würden. »Frau mit Hut« war auch der Titel des ersten Gedichts, das Xandi, wie sie in ihrer ersten Nachricht geschrieben hatte, auswendig kannte. Mehr noch, sie hatte es sogar vertont. Nach einigen höflichen Nachrichten hatte Xandi ihr die Audiodatei gemailt. Auf gleichbleibender Tonhöhe sprach sie den Text über einem treibenden Elektrobeat. Ihre Stimme war heruntergepitcht, sie klang wie ein Mann. Seltsamerweise sprach aus ihrer Vertonung des Gedichts, in das Henriette ihre Wehmut darüber gepackt hatte, dass die Welt für Männer und Frauen eine andere war, Wut. Bei Xandi war kein Schmerz zu hören, es war eine Anklage.

»Warte.« Xandi machte sich an ihrer Tasche zu schaffen, eigentlich ein Beutel, dessen Träger diagonal um ihren Oberkörper gegurtet war, auf dieselbe unpraktische Weise, wie auch Henriettes Tochter Emma ihre Tasche trug. Xandi sah wirklich ein bisschen behindert aus, wie sie mit spitz angewinkelten Armen in ihrem Beutel auf Brusthöhe herumwühlte, dachte Henriette und korrigierte sich sofort. Nicht behindert: *bemüht.*

»Hier, schau«, sagte Xandi und zog ein abgegriffenes Taschenbuch hervor.

Henriette hatte es lange nicht gesehen. Auf dem Cover war ein altmodischer Damenhut abgebildet, so ein runder mit Tüll. Schlimm, immer schon gewesen, aber sie hatte sich gegen den Verlag nicht durchgesetzt.

»Musst du mir heute Abend noch signieren«, sagte Xandi. Sie winkte damit und packte es wieder ein.

Henriette hatte damals in Köln gewohnt, wo sie recht leidenschaftslos vergleichende Literaturwissenschaften studierte, war permanent wegen irgendeines Mannes unglücklich gewesen, was sie nicht davon abgehalten hatte, an die große Liebe zu glauben, es hatte sie im Gegenteil vielleicht sogar noch angespornt, und während sie sich allmählich zur Rotweinkennerin hochtrank, hatte sie heimlich sehnsüchtige Gedichte geschrieben, die sie niemandem zeigte. Geld hatte sie als Autorin einer Fernsehquizshow verdient, die so niveaulos gewesen war wie gut bezahlt. Einmal pro Woche verbrachte sie einen langen Tag im neonbeleuchteten Aufenthaltsraum eines Studios, in dem es nach Angebranntem roch. Auf braunen Thermoskannen klebten Zettel, auf denen K oder T stand, Kaffee oder Tee. Auf einem Teller lagen Gummibärchen und verschiedene Schokoriegel in Mini-Version. Noch heute konnte Henriette in kein Twix beißen, ohne dass sie ein Gefühl von absoluter Trostlosigkeit überkam.

Ihre Aufgabe hatte darin bestanden, zusammen mit einem Kollegen Antworten für die Kandidaten zu schreiben, die an der Show »Traumprinz sucht Traumprinzessin« teilnahmen, um dort ihren Traumprinzen oder ihre Traumprinzessin zu finden. Natürlich sollten diese Antworten in der Sendung spontan wirken. Natürlich wirkten sie wahnsinnig steif und auswendig gelernt. Die Kandidaten waren Anfang zwanzig und sportlich. Henriette hatte den Eindruck, dass viele von ihnen wirklich hofften, ihren Traumprinzen oder ihre Traumprinzessin in der Sendung kennenzulernen. Es lag eine nervöse Anspannung über der Szenerie, die sich in viel Herumgewitzel Luft machte. Männer und Frauen waren vor der Aufzeichnung streng voneinander getrennt und wurden von zwei verschiedenen Autorenteams betreut. Sie bekamen sich erst vor den Kameras zu Gesicht, mussten einige Aufgaben meistern und sich schließlich bei einem Tête-à-tête einer Art Kreuzverhör stellen, bei dem sie mit möglichst viel Schlagfertigkeit glänzen sollten. Und diese Schlagfertigkeit galt es, vorher mit den Autoren einzustudieren.

Etwa eine Stunde vor der Aufzeichnung kam der Redaktionsleiter dazu, um die Antworten, wie es hieß, »abzunehmen«. Das war der unangenehmste Teil der Arbeit. Der Redaktionsleiter hieß Eckhart und nannte sich Ecki. Vorname und Sie. Er trug eine Brille mit rotem Kunststoffgestell und war recht klein, hatte aber die Angewohnheit, sich so raumgreifend übers Sofa im Kandidatenraum zu fläzen, dass die Person, die neben ihm saß, kaum noch Platz hatte und entweder mit den Beinen oder mit dem Oberkörper an Ecki stieß. Oft war das Henriette. Während er die frisch ausgedruckten Textvorschläge las, rieb er sich am Kinn oder zog sich die Haut an den Backen lang und ließ sie wieder zurückschnalzen, als wäre sie aus Gummi. Manchmal machte er »Ha!« oder »Hoho« oder strich mit seinem Kugelschreiber etwas aus. War Henriette in dem Autorenteam, das die männlichen Kandidaten betreute, hatte sie mit Ecki nicht viel zu tun. Er las zügig, war oft gleich zufrieden, ließ sich hier und da zeigen, wer genau etwas sagen würde, stellte fest, dass der das bestimmt gut machen würde oder dass man dem aber noch sagen müsse, er solle das so oder so betonen. Und schon war er wieder weg.

Für die weiblichen Kandidaten nahm er sich mehr Zeit. Sie wurden eine nach der anderen herbeigerufen, um auf dem niedrigen Sessel neben dem Sofa Platz zu nehmen.

Jede Antwort wurde von Ecki persönlich so umgeschrieben, dass etwas Zweideutiges mitschwang. »Ich liebe Obst, und ich wäre sehr interessiert an deiner Himbeere ...«, »Meine Wohnung ist winzig. Also perfekt zum Zusammenkuscheln ...«, »Ich nasche wahnsinnig gerne. Wenn ich dich so ansehe, könnte ich mir einiges vorstellen, was ich gerne vernaschen würde ...«. Nichts war zu absurd, nichts zu unlustig, Hauptsache die Antwort endete im Vagen, endete offen, auf drei Punkten, auf denen man gemeinsam auf diesen oder jenen Höhepunkt zusteuern könnte ...

Henriette hatte heute noch den Klang von Eckis Stimme im Ohr, wenn dieser eine besonders süße Obstsorte aussprach. »Deine Kirschen« Und »Banane« natürlich, immer wieder Banane. Die Mädchen, wie es damals noch hieß, waren zu unsicher und nervös, um dem wichtigen Mann, einem Redaktionsleiter, zu widersprechen. Und Henriette war es eigentlich egal. Es wurde schließlich niemand gezwungen, »und dann zeig ich dir mein Klavier und lass dich darauf« – kleiner, von Ecki vorgegebener Seufzer – »improvisieren« zu sagen. Sie taten es widerspruchslos. Sie merkten noch nicht einmal, was sie da sagten, so geeicht waren sie darauf, nach oben hin zu gefallen. Und was auch immer Henriette und ihr Kollege mit ihnen erarbeitet hatten, all die netten und zur jeweiligen Persönlichkeit passenden Zweizeiler, kamen den Kandidatinnen, nachdem ein Alpha-Mann drübergegangen war, im Nachhinein völlig lächerlich vor. Auf einmal beachteten sie Henriette nicht mehr. Den ganzen Tag hatten sie an ihren Lippen gehangen, ihr Gummibärchen vom Buffet mitgebracht, darauf bestanden, ihr noch mal und noch mal den Text vorzusagen. Und kaum hatte Ecki, der Chef, die Antworten abgenommen, beziehungsweise eben nicht, sondern komplett neu formuliert, garniert mit allerlei Früchtchen und Punkt Punkt Punkt, war sie in den Augen der einundzwanzigjährigen Steuerfachgehilfin aus Hildesheim, die zuvor gesagt hatte, sie wolle einfach auf keinen Fall als sexy Blondine rüberkommen, zur Idiotin mutiert.

»Ich möchte gerne dein Schokoladenhase sein … So?«

»Prima. Ganz wunderbar. Oder … wie war der Name? Sabrina? Schokoladenhäschen, das ist noch besser, sagen Sie Häschen …«

»Ich möchte gerne dein … Schokoladenhäschen sein?«

»Genauso. Wundervoll, Sabrina. Mmmmh.«

Was für eine deprimierende, lukrative Zeit.

Von Nahem sah Xandi ganz genauso aus wie auf ihren Pressefotos, die anlässlich des Erscheinens von »Es geht los« gerade überall zu sehen waren. Sogar eine Straßenbahn mit ihrem netten Kindergesicht darauf war an Henriette vorbeigefahren. Perfekte Haut, volle Lippen, kleine, mit knallblauem Kajal umrandete Augen, die sie beim Studieren der Karte zusammenkniff.

»Was ist denn Renke?«

Ihre dunklen buschigen Augenbrauen bildeten einen harten Kontrast zu den blondierten Haaren, was ihr punkiges Aussehen noch mal verstärkte. In einem Ohr hatte sie viele Piercings, wie Knöpfe, die ganze Seite hoch.

»Du trägst zwei Uhren?«

Xandi sah auf ihr Handgelenk. »Die eine geht nicht.«

Es kam Henriette immer noch wie ein Fehler vor, dass sie hier mit Xandi Lochner saß, *der* Xandi Lochner, und dass die sie, Henriette, für eine ernst zu nehmende Lyrikerin hielt. Sie hatten ihr Gedicht im Deutsch-Leistungskurs durchgenommen. Eine Information, die so verkehrt klang, dass Henriette sie nicht einzuordnen wusste. Es hatte irgendwie nichts mit ihr zu tun. Immerhin hatte es ihr jetzt diese Begegnung beschert, und wer weiß, vielleicht war dies seine eigentliche Bestimmung gewesen, der Grund, warum dieses Gedicht auf der Welt war, vielleicht war es also doch für etwas gut, dachte Henriette.

»So schade, dass du nur einen Gedichtband veröffentlicht hast«, sagte Xandi, ohne von der Karte aufzusehen. »Ich liebe Lyrik. Ich finde nichts größer als Lyrik. Nicht mal Pop.«

Ja, warum hatte sie nur einen Gedichtband geschrieben, dachte Henriette. Ihr Leben war anders verlaufen, als sie es sich vorgestellt hatte, als sie noch Gedichte schrieb. Hier eine verpatzte Beziehung, da ein Umzug für einen Job, der sich als schlechte Idee herausstellen sollte, was einen aber auch wieder Lebenszeit kostete. Drei Jahre hatte sie für einen Kunstbuchverlag einen schlecht bezahlten Lektorinnenjob gemacht. Ihre Hoffnung auf eine Festanstellung hatte sich als unbegründet herausgestellt. Naja, und dann hatte sie Hans kennengelernt. Es war bei einer Karnevalsveranstaltung gewesen. Er war von einem Bekannten mitgenommen worden, bei dem er gerade zu Besuch war, sie von ihrer Mitbewohnerin. Beide hassten sie Karneval. Beide standen sie am Rand, während alle anderen die soundsovielte Polonaise tanzten. Wahrscheinlich fanden jedes Jahr in Köln viele Paare auf diese Weise zueinander, missmutig gegen irgendeine Wand lehnend, möglichst weit weg von den Lautsprechern.

Sie verliebte sich so haltlos in ihn, dass Köln betreffend von Flucht gesprochen werden musste und was ihr bisheriges Leben anging, von einem Irrtum. Innerhalb von zwei Wochen hatte sie ihr Zimmer im Belgischen Viertel weitervermietet und alle ihre Sachen bei Hans in Berlin-Charlottenburg. Er hatte Platz. Er wohnte in einer 140-Quadratmeter-Wohnung mit Balkonen, Stuckdecken, einem Gästebad und Modernismus-Klassikern wie Eames-Lampen und dem Noguchi-Coffee-Table. Die Wohnung gehörte Hans' Eltern, die in Heidelberg lebten. Sein Vater hatte früher beruflich öfters in Berlin zu tun gehabt. Heute waren sie nur noch selten in der Hauptstadt, und wenn, schliefen sie im Gästezimmer und störten nicht weiter. Die meiste Zeit reisten sie ohnehin um die Welt, wo sein Vater an Architekturkongressen teilnahm oder sie interessante Operninszenierungen sahen oder beides.

Hans war sehr groß, hatte volles Haar, jedenfalls von vorne, das Henriette immer noch als dunkelbraun wahrnahm, dabei war er inzwischen fast völlig grau. Sie würde ihn auch immer als schlank beschreiben. Sie sah ihn einfach noch so, wie sie ihn kennengelernt hatte: als langen schlanken Mann mit vollen dunklen Haaren, die er sich alle paar Sätze mit einer energischen Bewegung aus der Stirn strich, wobei seine Hand zuletzt auf dem Kopf verharrte, als könnte er sich von der Weichheit und Fülle seines eigenen Haares nicht lösen. Inzwischen ruhte die Hand genau auf der kahlen Stelle, weshalb Henriette ihn damit aufzog, dass er an seinem kreisrunden Haarausfall selbst schuld war.

Er trug immer ein hellblaues Hemd, das sich über dem Bauch seit Längerem beträchtlich wölbte. Oft steckte ein Kugelschreiber in der Brusttasche. Sein anderes Markenzeichen, wenn man so wollte, war, dass er seine weichen Lederslipper ohne Strümpfe trug, jedenfalls von April bis weit in den Oktober hinein. Wenn das mit den Temperaturen so weiterging – bisher war es der wärmste Oktober seit Beginn der Aufzeichnungen –, schaffte er es dieses Jahr vielleicht sogar bis November.

In den Kreisen, in denen sie verkehrten, war Hans ein wichtiger Mann. Er wurde ständig zu Abendessen bei Galeristen eingeladen, bekam zum Geburtstag Blumensträuße von offiziellen Stellen und von zwei Auktionshäusern je eine Kiste Champagner. Was Kunst anging, vor allem Gegenwartskunst, kam man in dieser Stadt, in diesem Land, nicht ganz an seinem Urteil vorbei. Er wusste um die Verantwortung, die damit einherging, und nahm es zum Beispiel nicht auf die leichte Schulter, jemanden zu verreißen, zumal er auch oft neuere, also noch nicht so arrivierte Künstler besprach. Henriette gefiel, dass er mit der Macht, die er sich im Laufe seiner Karriere erschrieben hatte, nicht leichtfertig umging. Es machte sie stolz, wenn Artikel von ihm in den sozialen Netzwerken herumgingen. Vielleicht stimmte es, was ihre Therapeutin einmal gesagt hatte, nicht als Vorwurf, sondern als Feststellung, dass sie auch durch ihren Mann lebte. Dass sein Erfolg auch irgendwie ihrer war.

Tatsächlich wusste Xandi Lochner, wer Henriettes Mann war. »Hans Benedek, wer kennt ihn nicht?«, sagte sie. Sie sei zwar nicht immer seiner Meinung, möge aber seine Art zu schreiben sehr. »Was Texteinstiege angeht, möchte ich sogar fast sagen, er ist so was wie ein Vorbild.«

Sie wollte wissen, wie lange Henriette schon mit ihm zusammen war.

»Oh Gott, fast zwanzig Jahre.«

Wie alt ihre Tochter war.

»Dreizehn.«

Wie lange Hans schon bei »Die Zeitung« war.

»Keine Ahnung. Ewig. Da war er schon, bevor wir uns kannten.«

Ob er gut mit dem Walter Windisch zurechtkomme?

Wie gut sie sich auskannte. Vielleicht weil Windisch wie sie aus Österreich kam?

»Total. Ja, die verstehen sich gut, die zwei.«

Ob Henriette gleich gewusst hatte, dass er es war?

»Naja, gewusst ... Wir waren einfach sehr verliebt.«

»Waren?«

»Ich meine, diese Anfangsverliebtheit.«

»Ihr habt ja geheiratet.«

»Ja, aber da war Emma dann schon unterwegs.«

»Aber Heiraten ist doch wahnsinnig romantisch.«

Sie wollte wissen, wie Hans ihre Gedichte fand. »Weil es ja Männer gibt, die damit nicht klarkommen, wenn ihre Frau in Wahrheit das größere Genie ist.«

Sie sah aus, als meinte sie das gar nicht ironisch.

Als der Kellner kam, um ihre Bestellung entgegenzunehmen, war Xandi noch unschlüssig. Sie bat Henriette, als Erste zu bestellen.

»Einmal das Lammkotelett, bitte.«

»Gerne. Und Sie?«

Es stellte sich heraus, dass Xandi Veganerin war. Für die Küche kein Problem, wie der Kellner versicherte, man könne hierbei die Beilagen auch alleine als Hauptspeise essen, oder hier, dieses Gericht mit Quinoa sei ohnehin vegan.

Henriette ärgerte sich. Ihre Tochter war auch vegan. Jeder war heute vegan, sie hätte daran denken und auch etwas ohne Fleisch bestellen sollen. Wenigstens das, wenigstens ohne Fleisch. Sie fühlte sich, als hätte sie persönlich den Auftrag gegeben, ein Lamm zu töten, ein Lämmchen, das niemals älter hatte werden dürfen als allerhöchstens zwölf Monate, ein niedliches junges vierbeiniges Geschöpf, das nichts anderes im Sinn gehabt hatte, als herumzutollen, und das geschlachtet worden war, um ihr, Henriette, gleich mit einem Rosmarinzweig garniert unter einer gepfefferten Crème-fraîche-Sauce serviert zu werden. Und anschließend würden ihr Fleischfasern zwischen den Zähnen stecken, und sie würde versuchen müssen, die möglichst unauffällig herauszuziehen.

Bei der Getränkebestellung passierte gleich der nächste Fehler. Henriette nahm einen Weißwein, im festen Glauben, mit dieser Wahl nicht allein zu sein. »Du auch noch einen?«, fragte sie Xandi, doch die schüttelte den Kopf und wollte nur Mineralwasser. Das verunsicherte Henriette, die nun als Fleischesserin und Alkoholtrinkerin alleine dastand. Immerhin hatte Xandi ja schon ein Glas Wein getrunken. Oder war das am Ende etwas Alkoholfreies gewesen?

»Und was schreibst du gerade?«, fragte Xandi.

»Ich habe eigentlich nur diesen einen Lyrikband veröffentlicht. Ich schreibe gar nicht mehr.«

»Ach so. Und was arbeitest du?«

»Ich habe länger für ein Auktionshaus gearbeitet. Jetzt bin ich Yogalehrerin.«

Xandi sah enttäuscht aus. Oder projizierte Henriette das in sie hinein?

»Und was hast du studiert?«, fragte Henriette schnell, um von sich abzulenken.

»Germanistik und Soziologie. Aber abgebrochen. Und dann war ich noch in Leipzig am Literaturinstitut.«

»Ach, das ist ja interessant. Endlich kann ich mal jemanden fragen, was man da lernt!«

»Naja, literarisches Schreiben. Aber ich glaube, das kann man nicht lernen. Das kann man oder man kann es nicht, oder?«

Henriette nickte. Sie hatte keine Ahnung, ob das zutraf. Traf das zu? Am Ende konnte man es lernen, am Ende hätte sie es lernen sollen, dann wäre vielleicht mehr aus ihr geworden. Sie war Mitte vierzig, Ehefrau, Mutter, zertifizierte Yogalehrerin. Sie hatte eine fünfhundertstündige Ausbildung absolviert, die sehr teuer gewesen war, und unterrichtete vier Mal die Woche in einem kleinen Studio im Prenzlauer Berg, in dem die Teilnehmer für eine Stunde so viel bezahlten, wie sie für richtig hielten (oder sich leisten konnten). Davon wurde die Hälfte für nachhaltige Projekte gespendet.

Aber das war natürlich kein richtiger Beruf. Oder? Die Wahrheit war, dass sie es sich als Frau von Hans Benedek leisten konnte, keinen Beruf zu haben. Was sie nicht stolz machte, aber nun mal so war. Sollte sie das mit dem Schreiben am Ende doch noch mal probieren? Wenigstens als Hobby? Oder war das eine lächerliche, pathetische Idee?

Der Kellner brachte das Essen. Das Lamm hatte eine sehr strenge Lammnote. Vielleicht, hoffte Henriette, war es doch schon etwas älter gewesen. Auf jeden Bissen packte sie viele grüne Bohnen, sodass man das Fleisch nicht sah.

Kommende Woche würde Xandis große Lesetour beginnen, vierzig Stationen in zwei Monaten. Man würde ihr einen Wagen mit Fahrer stellen, damit sie nicht dauernd Bahn fahren musste, und sie hatte Mitspracherecht bei den Hotels. Das schien sie zu freuen. Sie würde jetzt auch durch die Talkshows tingeln, »Auf Zack«, »Ois Bonanza?«, »Andreas' Woche«, überall müsste sie hin. Sie fragte, ob Henriette auch mal auf Lesereise war. Nein, nie.

Es wurde jetzt immer schwieriger, Gesprächsthemen zu finden. Henriette bestellte sich noch ein Glas Weißwein.

Xandi machte Small Talk. Wie lange Henriette schon in Berlin lebte. Wo? Ach ja, Charlottenburg. Wie alt ihr Kind sei? Hatte sie ihr eigentlich schon gesagt. Wie groß die

Wohnung? Ob sie fragen dürfe, wie hoch die Miete … Eigentumswohnung, ach so.

Es kam Henriette vor, als hätte sie einen Fehler gemacht. Aber welchen? Sie merkte, dass sie begann, zu lange zu lachen, während sie insgeheim fieberhaft nach Themen suchte, die ihr Gegenüber interessant finden könnte, dass sie unbedingt wollte, dass Xandi sie mochte. Doch die wirkte auf einmal, als wäre sie nicht mehr ganz da. Schlimmer, als wäre sie gelangweilt. War sie enttäuscht? Hatte sie sich von ihrer Lieblingslyrikerin etwas anderes erwartet?

Was fand sie eigentlich an dem Gedicht so besonders? Sie zu fragen, traute Henriette sich nicht. Der Moment war vorbei. Das Gespräch fand keinen roten Faden mehr. Xandi schien sich an den entstehenden Pausen nicht zu stören.

Irgendwann kam Henriette auf MeToo zu sprechen. Ein Fehler, den sie im Nachhinein dem Alkohol zuschob. Und ihrer zunehmenden Verunsicherung. Es ging zunächst um einen amerikanischen Comedian.

»Aber es gibt doch ein Recht auf Arschlochsein«, sagte sie gerade zum zweiten Mal. »Wenn ein Mann während eines Telefonats onaniert, kann man doch auflegen. Man muss doch nicht dranbleiben und abwarten, bis er kommt. Niemand zwingt einen. Die sind ja nicht mal im selben Raum.«

»Aber Henriette, das meinst du doch nicht ernst jetzt.«

Henriette fragte sich, wo der Fehler lag. Irgendetwas machte sie falsch. Irgendwo war in ihrer Logik der Wurm drin, das musste so sein, denn Xandi hatte das Thema bestimmt gründlicher durchdacht und durchdrungen als sie. Das war ja irgendwie ihr Beruf. »Es gibt doch ein Recht auf Arschlochsein«, sagte sie dennoch ein drittes Mal. Sie war inzwischen beim dritten Glas Wein, Xandi trank eine Rhabarbersaftschorle.

»Dieser Mann ist der erfolgreichste und damit mächtigste Comedian Amerikas.«

»Aber man kann doch auflegen.«

»Dieser Mann ist der mächtigste Comedian Amerikas, der wichtigste Produzent, den es auf dem Gebiet gibt. Die Frau arbeitet in derselben Branche.«

»Ja aber …« Wie kam sie jetzt bloß aus der Nummer wieder raus? Auf keinen Fall wollte sie vor der jüngeren Frau wie eine Gestalt aus dem vergangenen Jahrhundert dastehen, eine Verräterin von vorgestern, die immer aufseiten der Männer, der Täter war. Das stimmte ja auch gar nicht, das war so nicht. Ihr ging nur dieses Bestehen aufs Opfersein so auf den Geist. Das hatte es zu ihrer Zeit nicht gegeben, dieses ewige: Seht her, was man mir angetan hat! Nicht den Hörer auflegen und sich danach aber beschweren. Also was denn jetzt?

Sie ließ die Hand sinken, die sie gestikulierend hochgenommen hatte. »Okay. Mir war nicht klar, dass er sozusagen im Leben dieser Frau so mächtig war. Also dass die sozusagen von ihm abhing. Ist das denn so? Weil sonst kann man doch einfach auflegen ...«

»Niemand kommt in diesem Geschäft an ihm vorbei. Niemand. Natürlich ist das MeToo, was denn sonst.«

»Ich wusste nicht, dass er auch Produzent ist.«

Irgendwie machte ihr der Wein das Denken schwer. Sie hatte zu schnell getrunken. »Nein, ich finde es ja toll, dass es MeToo gibt«, hörte sie sich sagen, während sie in das plötzlich hellwache Gesicht der bekannten jungen Feministin sah, die an ihrem Strohhalm zog, ohne sie aus den Augen zu lassen. »Das finde ich ja ganz wichtig und toll. Und da wird dann halt auch mal etwas zu laut geschrien oder jemand verdächtigt, wo es eben nichts mit Machtmissbrauch zu tun hat.«

»Geschrien?«

»Also vehement geäußert, meine ich. Und zu Recht. Zu Recht. Also versteh mich da nicht falsch, ich finde das total ... Ich wusste nicht, dass er Produzent ist. Aber zum Beispiel bei ...« Sie nannte den Namen eines Regisseurs, der von einem ganzen Trupp professioneller junger Journalistinnen zur Strecke gebracht worden war, die bei einer Konkurrenzzeitung von Hans arbeiteten und die Hans natürlich nie ernst genommen hatte, und verwickelte sich innerhalb weniger Sätze in Widersprüche, die Xandi, wie es Henriette vorkam, *genüsslich* sezierte und ihr triumphierend entgegenhielt.

»Was ich nicht verstehe, ist, wie man so lautstark Meinungen äußern kann, ohne die Fakten zu kennen«, sagte sie.

Tatsächlich hatte Henriette, wie sie voller Scham erkannte, von den vielen Artikeln, die sie im Internet über den ersten deutschen MeToo-Fall gesehen hatte, immer nur die Überschriften gelesen. Der rotgesichtige und schon etwas ältere Regisseur, für den sich sowieso schon lange niemand mehr interessierte, hatte ihr leidgetan. Na gut, das war übertrieben. Aber so viele Jahre war er genialisch gefunden worden, ohne dass er das Geringste dafür konnte. Und dann wurde er auf einmal dafür bestraft, was man ihm alles hatte durchgehen lassen zu einer Zeit, in der man ihn fälschlicherweise für ein Genie gehalten hatte und in der man Genies vieles hatte durchgehen lassen. Sie musste an die Nürnberger Prozesse denken, und dass sie mal irgendwo gelesen hatte, das Bahnbrechende an ihnen sei gewesen, dass rückwirkend neues Gesetz angewendet worden war. Und bei MeToo wurde ja nun ... Wo war jetzt da die Parallele? Gerade war es ihr noch so klar erschienen, Moment ...

»Du weißt aber schon, dass es da um Vergewaltigung geht, oder?«, sagte Xandi.

Henriette merkte, dass ihr das Blut in die Wangen schoss. Nein, das hatte sie nicht gewusst.

Xandi erzeugte mit ihrem Strohhalm ein röchelndes Geräusch. Am besten sofort neue Getränke bestellen, und über ganz was anderes reden, dachte Henriette und gab dem Kellner ein Zeichen.

»Ja, lass mal die Rechnung bestellen«, sagte Xandi. Als sie wenige Minuten später ins Freie traten, war Xandis Uber schon da, und sie winkte nur kurz wahnsinnig nett und war weg.

2

Hans lag schon im Bett und las. Er las jede Nacht vor dem Einschlafen, egal wie spät er zu Bett ging. Ohne dass er nicht wenigstens eine Seite gelesen hatte, konnte er nicht schlafen. Sogar bei seinem allerersten Übernachtungsbesuch bei ihr, damals noch in Köln, hatte er ein Buch dabeigehabt. Er hatte es in den Händen gehalten, als sie die Tür öffnete. Balzac, »Verlorene Illusionen«. Sie hatte angenommen, es sei ein Geschenk. »Ach so, nein, das lese ich gerade«, hatte er gesagt. Es war ihm gar nicht peinlich gewesen, das Missverständnis aufzuklären. Das fand sie so rührend an Männern, dass die so unbeirrt ihren Weg gingen, offenbar ganz ohne die Befürchtung, sich lächerlich zu machen.

Hans hatte sich auch von der Erfindung des Smartphones nicht von seiner Leidenschaft abbringen lassen. Und jedes Buch las er fertig, wobei man natürlich sagen muss, dass er ein schneller Leser war. Er konnte, wenn er sich konzentrierte, mit einem Blick den Sinn einer ganzen Seite erfassen. Eine *déformation professionelle* nannte er es. Er las auch Sachbücher, aber am liebsten Romane.

Dostojewski, Flaubert, Roth, Bellow, Stendhal, Tolstoi, Fitzgerald, Bernhard, Malaparte, von Doderer. Ganz selten kam es vor, dass er zu betrunken war, noch zu lesen, und sofort einschlief.

Hans sah auf den Wecker auf seinem Nachttisch.

»Ist irgendetwas passiert?«

»Nein, wieso?«

»Es ist kurz nach neun.«

»Du bist doch auch schon im Bett.« Sie hatte keine Lust, über den Abend zu sprechen, der so seltsam verrutscht war, ohne dass sie selbst verstand, warum.

»Ja und? Warst du nicht essen? Mit wem noch mal?«

»Wo ist Emma?«

Sie setzte sich auf ihre Seite des Betts und schälte sich aus der Strumpfhose.

»Bei ihrer Freundin, na, du weißt schon, Dings, Eurydike.«

»Ophelia?«

»Sag ich doch. Kleopatra.«

»Sie heißt Ophelia. Und ich war mit Xandi Lochner essen, habe ich dir schon tausend Mal gesagt. Warum hörst du mir eigentlich nie zu.«

Auf einmal saß Hans kerzengerade im Bett. »Du warst mit Xandi Lochner essen?«

Henriette sah ihren Mann an und machte eine Grimasse. »Du nervst.«

»*Die* Xandi Lochner?«

»Kannst du mir mal die Knöpfe aufmachen?«

Sie drehte ihm die Knopfleiste zu, die sich unpraktischerweise am Rücken befand. Es würde ihr für immer ein Rätsel sein, wie Singles mit so etwas zurechtkamen.

Sonst musste sie ihn immer zwei Mal bitten, ihr beim Aufknöpfen zu helfen, aber er war schon zur Stelle.

»Woher kennst du denn Xandi Lochner? Davon weiß ich ja gar nichts. Seit wann kennst du Xandi Lochner? Und ihr wart essen? Nur ihr zwei?« Sie hob die Arme und ließ sich die Bluse über den Kopf ziehen. Hans sprang auf und hängte sie auf einen Bügel. Dann kletterte er auf ihre Seite des Bettes hinter sie. Sie senkte den Kopf, und er massierte ihren Nacken.

»Tiefer.«

»Sag doch«, sagte er.

»Weiter rechts.«

»Sag doch schon.«

»Ja, genau da.«

»Jetzt sag doch.«

Und dann erzählte sie ihrem erstaunten Ehemann, dass Xandi Lochner ein Gedicht von ihr in der Schule durchgenommen hatte und es auswendig konnte und sogar eine Elektro-Version davon … Und dass sie sie irgendwann auf Twitter …

Hans wirkte verwirrt und gleichzeitig wie angefixt. Sie hatte angenommen, dass ihm der Name nichts sagte, weil er gar nicht reagiert hatte, als sie ihm vor ein paar Tagen erzählt hatte, mit ihr verabredet zu sein. Aber jetzt schien er Xandi Lochner auf eine Weise faszinierend zu finden, die Henriette auch wieder übertrieben vorkam.

»Mach doch eine Geschichte über sie, wenn sie dich so wahnsinnig interessiert«, sagte sie irgendwann, stand auf und lief ins Badezimmer.

Als sie zurückkam, das Gesicht glänzend von Creme und im Nachthemd, hatte Hans sein Telefon in der Hand und kratzte sich am Kopf, wie immer, wenn er aufgeregt war.

»Wusstest du, dass sie Theologie studiert hat?«

»Das stimmt, glaube ich, nicht.«

»Und sie ist lesbisch?«

»Ja? Keine Ahnung. Darüber haben wir nicht …«

»Und Mitglied bei den Grünen.«

Henriette schlüpfte unter die Decke.

»Nein!«

»Was?«

»Sie war Vorsitzende des Justin-Bieber-Fanclubs an ihrer Schule. Meine Güte, was ist los mit den Menschen?«

»Wann kommt Emma nach Hause?«

»Sie übernachtet bei dieser Penelope.«

Henriette seufzte. Zum einen, weil sie es unmöglich fand, dass Hans Emma bei Freundinnen übernachten ließ, deren Namen er noch nicht einmal kannte, zum anderen, weil er sie bei Ophelia übernachten ließ. Henriette fand, sie hatte einen schlechten Einfluss auf ihre Tochter. Vielleicht war das ungerecht. Vielleicht hatte sie einfach nur Pech, früh Brüste bekommen zu haben, und war innerlich noch ganz kindlich, aber sie sah Jahre älter aus, als sie war, und Henriette mochte sie nicht, weder sie noch ihre Eltern, was ja dasselbe war. Bestimmt kiffte sie schon.

»Machst du das Licht aus?«

»Gleich.«

»Jetzt.«

Er löschte das Licht. Im blauen Schein seines Handys sah sein Kopf irrsinnig klein aus. Die hohe Stirn war von Falten durchzogen, die parallel verliefen wie Notenzeilen.

Sie drehte sich auf die Seite, wie immer zum Schlafen.

»Ist sie nett?«

»Wer? Ophelia?«

»Xandi Lochner.«

»Nein.«

»Warum nicht, inwiefern nicht nett?«

»Ich bin müde. Morgen, ja?«

»Sag doch kurz.«

»Ich bin müde.«

»Ein Satz. Bitte.«

Vielleicht, dachte sie, war es wirklich keine schlechte Idee, wenn Hans über Xandi Lochner schrieb. Er hätte dadurch endlich einmal ein zeitgemäßes Thema. Und sie könnte in Xandi Lochners Ansehen wieder steigen, wenn ihr Mann im Feuilleton einer wichtigen Zeitung über ihren Roman schrieb. (Das Wort *wichtig* dachte sie sarkastisch.) Ihr war schon oft aufgefallen, dass Leute, die mit irgendetwas einen enormen Publikumserfolg hatten, nichts anderes wollten, als vom Feuilleton geliebt zu werden. Was dieses natürlich verweigerte, da es sich für Massengeschmack zu fein war. Und umgekehrt war es genauso. Die hymnische Kritik von Raoul Schellenberg hätte sie damals natürlich sofort gegen hohe Verkaufszahlen eingetauscht. So waren die Menschen eben, niemand war je zufrieden.

»Mach doch eine dieser dämlichen Langzeitbeobachtungen«, murmelte sie. »›Unser Reporter hat Xandi Lochner ein Jahr lang begleitet‹ und dafür triffst du sie halt drei Mal. Einmal zum Interview, einmal zur Einweihung eines neuen Biomarkts, einmal bei einer Pressekonferenz.«

Hans machte ein zustimmendes Geräusch. »Jetzt sag doch bitte, warum ist sie nicht nett?«

»Darum.«

»Du bist blöd.«

Als er sie kurz darauf fragte, ob sie einen Kontakt herstellen könnte, atmete seine Frau schon regelmäßig und hörte ihn nicht mehr.

3

Am nächsten Morgen wachte Hans beschwingt auf. Er schlich aus dem Schlafzimmer, um Henriette nicht zu wecken, zog geräuschlos die Tür hinter sich zu und ertappte sich unter der Dusche dabei, eine Melodie zu singen, von der ihm auf dem Weg in die Küche einfiel, dass es die Titelmusik von »Magnum« war. Er hatte in der Nacht noch einige Interviews mit Xandi Lochner gelesen und sich immer mehr in die Idee seiner Frau verliebt, ein Langzeitporträt über sie zu schreiben. Ein möglichst schnelles allerdings. Vielleicht mit nur zwei Treffen. Hoffentlich wäre Windisch einverstanden.

Endlich ein neues Thema. Ein *neues* Thema. Solche jungen Frauen hatte es ja früher nicht gegeben. Die letzte Feminismuswelle, an die er sich erinnern konnte, waren die sogenannten »Girlies« gewesen, niedliche junge Frauen, die dicke Schuhe zu kurzen Röcken trugen und winzige T-Shirts mit frechem Aufdruck. *Rrrriot Girl. Fucker. Pussy Galore.* Aber hatten sie damals irgendetwas gefordert? Sie waren eine Zeit lang auf Magazinen vorne drauf gewesen, hatten selbstbewusste Interviews gegeben, und dann war ihr Sommer wieder vorüber.

Henriette schien vom Thema Feminismus seltsam unberührt. Sie konnte allerdings wahnsinnig wütend werden, wenn es um ungleiche Bezahlung ging. Sie hatten schon oft über sein Gehalt gestritten, das ihr obszön hoch vorkam, seit sie erfahren hatte, dass eine Kollegin von ihm, die sie schätzte, Karen Rammesacker, nur ein Drittel davon verdiente. Sein Argument, Rammesacker hätte halt besser verhandeln sollen, hatte Hans zu Hause mehrere Tage eisiges Anschweigen eingebracht. Aber er fand das wirklich. Und vielleicht war diese Kollegin auch einfach keine *herausragende* Journalistin. Sie war sehr fleißig und kannte sich in ihrem Fachgebiet, Theater, auch wirklich gut aus. Aber er konnte sich nicht erinnern, je einen Satz von ihr gelesen zu haben, der schillerte. Den man sich ausschneiden und eingerahmt an die Wand hängen wollte. Den man noch Jahre später gelegentlich zitieren würde. Nein, ihre Texte waren handwerklich einwandfrei, aber keine Kunst.

Seine erste Begegnung mit dem Feminismus: Als kleinen Jungen hatte seine Mutter ihn einmal in Heidelbergs frauenbewegten Buchladen mitnehmen wollen, der damals neu eröffnet hatte. Doch ihm als Sohn wurde der Zutritt verweigert. Der Vierjährige musste draußen bleiben, denn Männer waren in diesem Laden verboten. Und das Seltsame: Seine Mutter war dann tatsächlich in den Laden gegangen, und er hatte draußen gewartet. Er wusste noch genau, dass es ein heißer Tag gewesen war, dass seine Mutter ihm ein Glas Wasser gebracht und er es mit beiden Händen umklammert hatte, um nichts zu vergießen. Es war seine früheste Kindheitserinnerung. Seine Mutter behauptete, dass sie erfunden war. Nie im Leben hätte sie ihn als Vierjährigen alleine vor einem Geschäft warten lassen, sie sei überhaupt nie in diesem Laden gewesen.

Alte Geschichte, schlechtes Feminismuskonzept, das nicht funktioniert hatte, weil Frauen und Männer eben nicht getrennt voneinander zu denken waren. Aber dieses Jahrhundert würde das Jahrhundert der Frauen sein, gemeinsam mit Männern, und Hans Benedek freute sich darauf. Er überlegte schon die ganze Zeit, ob er den Text über Xandi Lochner mit einer Art Grundsatzerklärung zum Stand der Gleichberechtigung beginnen sollte. Oder doch lieber situativ einsteigen? Naja, das würde sich noch zeigen. Auf jeden Fall wollte er Xandi Lochner überhöhen. Selbst wenn sie sich, was er befürchtete, als intellektuell überschätzt herausstellen sollte, würde ihn das nicht davon abhalten, eine Hymne auf sie zu schreiben, wie noch keine auf sie geschrieben worden war. Er dachte auch schon über Überschriften nach.

Die Wegweiserin

Königin der Macht

Ihr nach!

Es war eine seiner Lieblingsbeschäftigungen, sich Überschriften auszudenken.

Die Chefin
Alexandra, die Große
Hier fängt die Zukunft an

Er würde noch herausfinden müssen, warum Henriette sie nicht gemocht hatte, aber vielleicht war das wirklich so eine Sache zwischen einer jüngeren und einer mittelalten Frau. Henriette mochte viele Frauen nicht. Überhaupt Menschen. Er war von ihnen beiden auf jeden Fall der sozial Aufgeschlossenere, dachte er, und beschloss, sich zur Feier des Tages Rührei zu machen.

Er stellte eine Pfanne auf den Induktionsherd und gab Speckwürfel hinein, die augenblicklich zu zischen und brutzeln anfingen. Dann schaltete er das Radio an, um wie jeden Morgen die Sieben-Uhr-Nachrichten zu hören.

Elend, Elend, Elend.

Verheerende Stürme, niedergeschlagener Protest, wieder Hundert im Mittelmeer ertrunken.

Als er die Eier in die Pfanne gab, wurde der Tod eines Literaturnobelpreisträgers gemeldet, der offenbar bereits vor Wochen völlig vereinsamt in seiner Wohnung gestorben war.

In der Arktis erneut Rekordtemperaturen ... Auch bei uns für die Jahreszeit viel zu ...

Er hörte das Geräusch des Schlüssels in der Wohnungstür.

»Emmi?«

Er schaltete das Radio aus.

»Emmilinchen, bist du das?«

Er lief in den Flur.

Emma stand im Eingang, schwarzes T-Shirt, schwarze Jeans, schwarze Turnschuhe, und sah ihn finster an.

»Guten Morgen, Fräulein Emili Emileinovich.«

»Morgen«, murmelte sie. Er wollte sie umarmen und ihr, wie üblich, einen Kuss auf die Stirn drücken, aber sie duckte sich weg.

»Wonach riecht es hier?« Sie starrte ihn mit schreckgeweiteten Augen an.

»Was ist das denn, wie siehst du denn aus?«

Ihre Haare waren grün. Grasgrün.

»Ist das Speck?«

»Was hast du mit deinen Haaren gemacht?«

»Das ist Speck.« Ihre Stimme überschlug sich. »Ich hasse dich, ich hasse dich.« Sie lief an ihm vorbei und war schon in der Küche verschwunden, durch die es in den hinteren Bereich der Wohnung ging, in dem sich die Schlaf- und Badezimmer befanden. Und schon knallte ihre Zimmertür zu.

»Emma.«

Er lief ihr nach. »Emmilein, es tut mir leid, ich hab nicht dran gedacht, wirklich …«

Sie hatte abgesperrt. Er klopfte.

»Mörder«, rief sie von innen. »Du bist ein Mörder.« Er konnte sie durch die Tür weinen hören. Sie war immer schon ein gefühlsbetontes Mädchen gewesen, die Pubertät hatte es nicht besser gemacht. Grüne Haare, großer Gott. »Emmiechen.« Es tat ihm wirklich leid. Er hatte nicht daran gedacht, dass sie die Wohnung vor ein paar Tagen zu einer fleischfreien Zone erklärt und er ihr sein Ehrenwort gegeben hatte mitzumachen. Mit Handschlag und in die Augen gucken und drei Mal im Kreis gehen, wie früher. Aber selbst wenn er daran gedacht hätte, wäre dennoch Speck im Kühlschrank gewesen, denn Henriette war der Meinung, dass man sich, selbst wenn man bereit war, seinen Fleischkonsum zu überdenken, von einer Dreizehnjährigen nicht den Speiseplan diktieren lassen sollte. Aber um die volle Wahrheit zu sagen, hatte er sich keinen einzigen Gedanken gemacht.

»Emmi.«

»Hans«, hörte er Henriette aus dem Schlafzimmer rufen. Auf einmal stieg ihm der Geruch von verbranntem Speck in die Nase. Er rannte in die Küche.

»Haaaaans.«

Der ganze Raum war verqualmt, der Rauch biss ihm in den Augen.

»Ja«, rief er, während er die Fenster aufriss (wofür er erst mehrere Bücherstapel, ein Digitalradio, den Toaster und eine Duftkerze beiseiteräumen musste).

»Hans?«

Henriette stand im Türrahmen. Sie hatte noch ganz kleine Augen, und ihre Haare standen zu allen Seiten ab.

»Ja, mein Schatz.«

»Soll ich die Feuerwehr rufen?«

»Tut mir leid«, rief er, »ich lüfte ja schon.« Er wedelte mit ausholenden Bewegungen den Rauch in Richtung Fenster. Als er wieder zu ihr sah, stand sie da nicht mehr, und einen Moment darauf knallte ihre Schlafzimmertür ins Schloss. »Ich lüfte ja schon«, sagte er leise, kratzte die verkohlten Fleischwürfelchen mitsamt Eierresten vom Pfannenboden und gab alles in den Mülleimer.

4

»Sagt dir Xandi Lochner etwas?«

Hans hatte eigentlich warten wollen bis zum Espresso, aber jetzt platzte er doch schon vor dem Bestellen damit heraus.

»Ach«, sagte Lothar Herzig, ohne von der Karte aufzusehen, »heute gibt es veganes Curry als Mittagsgericht. Was ist mit Xandi Lochner?«

»Ich schreib was über die.«

»Oh nee, das ist mit Koriander, ich hasse Koriander.«

Er hatte sich Lothar Herzigs Reaktion euphorischer vorgestellt.

»Meine Frau war gestern Abend mit ihr essen …«

»Oder doch wieder Caesar Salad …« Herzig sah immer noch in die Karte. Er hatte jeden Fingernagel in einem anderen Pastellton lackiert, aber nur an einer Hand.

»… das war wohl sehr nett.«

»Hm.«

Hans tat auch so, als wäre er in die Karte vertieft, konnte sich jedoch nicht konzentrieren. Henriette hatte beim Frühstück versucht zu erklären, warum der Abend so katastrophal verlaufen sei, aber Hans hatte es nicht verstanden. Es war ja nicht so schlimm, nicht einer Meinung zu sein, Henriette zufolge aber doch. Dennoch hatte ihm Henriette Xandi Lochners Handynummer gegeben. Hans hatte sie noch vor der Konferenz angerufen, aber sie war nicht drangegangen. Dann hatte er per Mail ein Interview über ihre Agentur angefragt. Fünf Minuten später hatte Xandi Lochner persönlich ihm per Mail geantwortet: »Bin available. Wann?« Morgen würde er sie treffen. In Baden-Baden, wo sie bei »Ois Bonanza?« zu Gast sein würde, Michi Denningers legendärer Fernseh-Rateshow, die Hans schon als Junge geguckt hatte. Er hatte nicht gewusst, dass es sie noch gab. Es gab sie wohl auch nicht mehr, sondern wieder. Eine Neuauflage, die auf einem Sender lief, von dem er noch nie gehört hatte, vielleicht war es auch nur ein Online-Streaming-Portal, das musste er erst noch recherchieren. Jedenfalls würde er morgen also nicht nur Xandi Lochner kennenlernen, sondern womöglich auch Michi Denninger. Den Michi Denninger, dessen Begrüßungsformel – Ois Bonanza? – zu einem geflügelten Wort geworden war, das allerdings jüngeren Leuten heute nichts mehr sagte. Oder?

»Sagt dir ›Ois Bonanza?‹ was?«

Lothar sah von der Karte auf, setzte den »Come on«-Gesichtsausdruck auf, den sich alle bei amerikanischen Comedians abgeschaut hatten, und summte die Titelmelodie.

Hans summte mit. Erinnerungen stiegen in ihm auf. Er vor dem Fernseher, die Füße im selben flauschigen blauen Stoff steckend wie der Rest seines von der Badewanne noch heißen Körpers: *Onesie* sagte man heute dazu, damals hatte man *Sleeper* gesagt, er hatte ewig gedacht, man schreibe es *Sliepa*, vermutlich würden die Kinder von heute in ein paar Jahren *Wonnsie* schreiben. Ein Glas warme Milch mit Honig vor ihm auf dem Glastisch, er im Schneidersitz, das Kinn auf die kalte Platte gestützt. In seiner Erinnerung hörte er seine Mutter in der Küche hantieren und fühlte seinen Vater, den er nicht sah, im Rücken mit seiner ganzen Respekt einflößenden Präsenz. Henriette hatte neulich irgendwo gelesen, dass Männer in leitenden Berufen nie aufhörten, Männer in einem leitenden Beruf zu sein. Dass ein Chef nie sein Verhalten der Umgebung anpasste, weil er nicht musste, es wurde nicht von ihm erwartet, anders als etwa von einer Chefin, die abends zu Hause vielleicht Mutter war oder mit Freundinnen Freundin. Und es stimmte, sein Vater war überall und immer Chef gewesen. Tagsüber in seinem Architekturbüro, das er gegründet hatte, das seinen Namen trug. Abends zu Hause. Auf einmal hatte Hans in der Nase, wie sein Vater früher gerochen hatte, war es ein Aftershave oder ein Herrenduft, auf jeden Fall etwas, dem er die Farbe Gelb zuordnen würde, etwas Seifiges, Sauberes, das sich mit der Abendzigarette seiner Mutter zu einem triumphalen olfaktorischen Akkord verband.

Der Sliepa hatte vorne einen weißen Reißverschluss, und auf Brusthöhe war eine Figur aus der Muppetshow appliziert. Oder war es der gelbe Vogel aus der Sesamstraße?

Seine Schwester, von der damals noch niemand wusste, dass sie einen Herzfehler hatte und wenige Jahre später tot sein würde, war in seiner Erinnerung gerade mit dem Hund draußen. Sie war gut die Hälfte seiner Kindheit gerade mit dem Hund draußen, was nicht stimmen konnte, möglicherweise hatte er sie nachträglich hinausradiert, entweder um selbst etwas mehr Raum zu haben, denn sie war eine sehr dominante größere Schwester gewesen, auch schon mit neun, elf, dreizehn Jahren. Oder aber, hatte ihm Henriette einmal von ihrer Therapeutin ausgerichtet, es war noch viel nachträglicher geschehen, post mortem, um nicht so oft mit ihrem Tod konfrontiert zu sein. So war Marthe aus heutiger Sicht aber für ihn die meiste Zeit mit dem Hund draußen gewesen, einem unendlich rührenden Labrador-Mischling namens Le Corbusier, genannt Corbi, der glänzendes schwarzes Fell gehabt hatte und die beweglichsten Ohren, die man sich überhaupt vorstellen kann.

»Klar kenn ich ›Ois Bonanza?‹«, sagte Lothar.

»Da bin ich morgen.«

»›Ois Bonanza‹? Wahnsinn. Gibt's das noch?«

»Xandi Lochner ist zu Gast, und ich begleite sie. Also als Reporter.«

»Okay«, sagte Lothar gedehnt. Hans fand, dass es ironisch klang. Er ärgerte sich darüber, dass er es überhaupt erzählt hatte. Was hatte er denn erwartet von Lothar Herzig. Lob?

Lothar Herzig arbeitete für ein Konkurrenzblatt als fester freier Mitarbeiter. Doch Journalismus war nur ein weiterer Posten in seinem Potpourri aus Medienberufen. Als einer der Ersten hatte er einen Podcast gemacht, der immer noch sehr erfolgreich war. Er interviewte darin junge Kreative, die Hans nicht kannte, was allerdings nichts hieß. Er hatte ungefähr zu der Zeit damit aufgehört, das Popgeschehen aktiv zu verfolgen, als sich Take That auflösten, und was er für neu entdeckten Schauspielerinnen-Nachwuchs hielt, hatte längst Millionen Follower auf Instagram und warb für Chanel. In der Mode war für ihn weiterhin Helmut Lang das Nonplusultra, und da er den Beginn der Karriere von Hedi Slimane zufällig mitbekommen, ihn sogar recht früh interviewt hatte (also früh für eine deutsche Publikation), würde er ihn für den Rest seines Lebens für ein riesiges Nachwuchstalent halten. Neulich hatte er irgendwo ein aktuelles Foto des englischen Schauspielers Jude Law gesehen, auf dem der neben einem älteren Mann stand, und erschrocken der Bildunterschrift entnommen, dass der ältere Mann Jude Law war und der von ihm für Jude Law Gehaltene dessen Sohn. Naja.

Hans' Glück war, dass es seinem Ressortleiter Walter Windisch genauso ging. Der wusste sogar noch, wie die No Angels hießen, jede einzelne von ihnen. Beyoncé dagegen verstand er einfach nicht – mit ihren dicken Beinen.

Und so traf Hans diesen Lothar Herzig auch, um in Konferenzen anschließend mit dessen Wissen punkten zu können. Hans konnte die Namen der vielversprechenden jungen Talente, die Herzig in seinem Podcast interviewte, dann fallen lassen, als wären sie ihm schon ewig geläufig, und die jüngeren Kollegen, die all diese Namen natürlich kannten, deren Themenvorschläge Windisch aber nicht ernst nahm, bestätigten mit ihrem wissenden Nicken sein Gespür für neue Trends. Das machte Windisch natürlich ganz fuchsig, weil er sich ausgeschlossen und abgehängt fühlte, und um nicht als alt und von gestern dazustehen, bestellte er sofort lauter große Geschichten von Hans über all diese faszinierenden jungen Leute und neuen Entwicklungen.

Aber Hans traf Lothar Herzig nicht nur, um Themen abzugraben. Er traf ihn auch, um ihn zu studieren. Herzig war einer dieser neuen Männer, die plötzlich da waren, wo er auch war, ohne dass er ihren Auftritt bemerkt hatte. Wann waren sie gekommen, womit war er beschäftigt gewesen? Sie genderten nicht nur, ohne dass es sie die geringste Mühe zu kosten schien, sie machten auch niemals Witze auf Kosten anderer, sie machten eigentlich, wenn Hans es genau bedachte, überhaupt keine Witze, und ihr Privatleben kam ihm neuartig, faszinierend und rätselhaft vor. Viel wusste er nicht darüber, weil er sich nicht die Blöße geben wollte, zu ungläubig nachzufragen und sich somit schon wieder einmal als alter weißer Mann zu outen, als der er ja neuerdings galt. Aber von ferne schien es in dieser Generation, was Liebe und Sex anging, viel freier, leichter, fluider zuzugehen. Ja, vor allem vielleicht fluider.

Herzig hatte mal das Wort polyamor fallen lassen, hatte es flüchtig dahingesagt über irgendeine Frau, mit der er sich gerade traf. Eine sachliche Feststellung, die er nur deshalb erwähnte, weil es die Erklärung für seine Verspätung war. Eine Frau hatte versehentlich seinen Schlüssel eingesteckt, und er musste warten, bis sie, »sie ist polyamor«, von ihrem anderen Liebhaber quer durch die Stadt mit dem Schlüssel zu ihm gekommen war. Hans hatte genickt und sich innerlich eine Notiz gemacht.

Herzig hatte Hans auch einmal erzählt, überhaupt nur mit Instagram angefangen zu haben, weil man da leichter Frauen kennenlerne als auf Tinder. Es sei dort gleich viel persönlicher, und mit wenigen Direktnachrichten springe eine Verabredung raus. Eigentlich erwähnte er bei jedem ihrer Treffen eine neue Instagram-Bekanntschaft und zückte sein Handy, um ihm die jeweilige Schönheit auf ihrem Profil zu präsentieren. Das Erstaunliche war, dass Lothars Wunsch nach neuen Frauenbekanntschaften ihm eine zusätzliche Karriere beschert hatte: er war so etwas wie ein Instagram-Star. 80.000 Leute verfolgten seine täglichen Postings. Sein Account hieß »Too Young To Die« und bestand aus Sprüchen, die Hans und Henriette vorkamen wie eine Persiflage auf Buddhismus-Ratgeber, streng genommen also wie eine doppelte Persiflage. Jeder dritte Post war ein Foto von Lothar selbst, immer schwarz-weiß und mit einem so warmen Ausdruck in den Augen in die Kamera sehend, als wäre er in die Linse verliebt. Die Fotos sahen aus wie Selfies, aber Hans wusste, dass er sie von einem professionellen Fotografen machen ließ. Die übrigen Postings waren jeweils eine nichtssagende Lebensweisheit auf farbigem Hintergrund, oft auf Englisch, wo Nichtssagendes immerhin nicht peinlich klang. Sie hatten grafisch hohen Wiedererkennungswert, Schrift und Schriftgröße waren immer dieselbe, es gab ein kleines Emblem, ein Herz. Und darunter stand jedes Mal, wie ein Stempel, sein Name.

»Remember: Every Tomorrow is a New Day ♡ Lothar Herzig.«

»Vergiss nicht: Dein Leben ist das Ergebnis deiner Handlungen. Handle mit Bedacht ♡ Lothar Herzig.«

»Never Forget: No One Can Make You Feel Bad Without Your Consent. Don't Give that Consent ♡ Lothar Herzig.«

Es war zwischen Henriette und Hans ein Running Gag, hinter besonders einfältige Sätze, Plattitüden, »Lothar Herzig« zu setzen. Wenn Hans zum Beispiel bei einem

Blick in den Kühlschrank bemerkte, die Butter sei bald alle, fügte Henriette möglicherweise ein »Lothar Herzig« an. Oder: »Es sieht nach Regen aus.« »Lothar Herzig.« Oder wenn Emma zu ihm sagte, er solle nicht rauchen, Rauchen sei ungesund. Darauf er: »Lothar Herzig.« (Was Emma nicht lustig fand.) Ihr Lieblings-Original-Herzig war eigentlich gar nicht so schlecht, sie zitierten ihn oft: »Denk immer daran: wer A sagt, muss nicht B sagen.« Und dann die ganze Familie: »Lothar Herzig.« Das wusste Lothar Herzig natürlich nicht.

Die Dünnheit des Gehalts der Botschaften irritierte Hans, denn in Wahrheit war Lothar Herzig nicht dumm. Er war möglicherweise sogar wahnsinnig schlau. Er schien es als reines Geschäftsmodell zu sehen. Und der Erfolg gab ihm recht. Kürzlich hatte er seine gesammelten Instagram-Kalendersprüche als Buch herausgebracht: Es war ein Bestseller. Seit Wochen hielt es sich in den Top Twenty. In der Anzeige, die sogar in »Die Zeitung« geschaltet worden war, stand: »›Too Young To Die, jetzt erst recht‹, der Bestseller, der unsere modernen Nerven beruhigt – von Wellnesscoach und Work-Life-Balance-Guru Lothar Herzig.« Herzig hatte alles auf den Verlag geschoben und ganz nett mit Hans zusammen darüber gelacht.

Früher hatte Hans bei ihren Treffen ein latent schlechtes Gewissen gehabt wegen ihres Gewitzels über seinen Account. Er hatte den jüngeren Kollegen deshalb immer zum Mittagessen eingeladen. Jetzt, wo Herzig diesen Riesenbestseller hatte, dachte er nicht mehr daran.

»Und was ist dein heutiger Instagram-Spruch?«, fragte Hans, immer noch leicht verärgert über Herzigs ausbleibende Begeisterung für seine geplante Xandi-Lochner-Reportage.

»›Wenn du den Tag nicht vor dem Abend lobst, wann dann?‹ Nicht schlecht, oder? Kam mir neulich beim Tae Bo.«

Er machte Tae Bo? Seit wann das? Auf einmal war Hans nach einem großen Glas Chardonnay.

Einmal hatte er Herzig gefragt, ob sein Instagram-Account eigentlich ironisch gemeint sei. Ach, hatte Herzig geantwortet, man müsse den Leuten einfach geben, was sie wollten, das sei doch der Leitsatz unseres Jahrhunderts. Seitdem fragte sich Hans, woher man wissen konnte, was die Leute wollen. Er wollte auch gerne einen Bestseller schreiben, aber wie? Über was? Was *wollten* die Leute?

Beim Mittagessen hatte Hans ihn über seine Meinung zu einer neuen Serie ausfragen wollen, über die gerade *alle* sprachen (alle: kürzlich bei einem Essen eine Galeristin), aber irgendwie hatte es Lothar geschafft, das Ganze umzudrehen und die ganze Zeit ihn, Hans, auszufragen. Der hatte das leider erst kurz vorm Espresso gemerkt.

»Aber jetzt sag doch mal, Hans, findest du diese Serie

denn gelungen? Es ist ja schon eher so, dass du die Zielgruppe bist.«

Lothar hatte diese amerikanische Sitte drauf, in seine Sätze immer wieder den Vornamen des Gegenübers einzuflechten, was auf der Stelle Vertrauen schaffte. »Naja«, sagte Hans, der die Serie noch nicht gesehen hatte, »es ist zu lang und das Ende ... ein bisschen bemüht. Aber natürlich großartige Schauspieler.«

»Ich wusste nicht, dass die alte Frau Renée Zellweger ist.«

Bevor Hans etwas sagen konnte, kam Windisch an ihrem Tisch vorbei. Hans nickte ihm zu, und Windisch, der in Begleitung eines ehemaligen Grünen-Politikers war, blieb stehen. Er sah auf einmal fünfzehn Jahre jünger aus. Es lag daran, dass er lachte. Er lachte so sehr, dass man seine obere Zahnreihe sah, die vom vielen Rauchen gelblich-braun verfärbt war. Hans richtete sich auf, lachte zurück, doch dann bemerkte er, dass das Lachen nicht ihm galt, sondern Lothar Herzig. Der hob nur kurz lässig die Hand. Hans hatte nicht gewusst, dass die beiden sich kannten. Windisch kam näher und klopfte, als er herangetreten war, mit den Fingerknöcheln zweimal auf ihren Tisch. »Schon gegessen?« Die Art, wie Windisch Herzig ansah, verpasste Hans einen Stich ins Herz. Irgendetwas war hier passiert. Etwas, das ihn ausschloss.

»Herr Windisch«, sagte Lothar. Immerhin, sie siezten

sich. »Herr Herzig, Sie melden sich.« Windisch deutete mit dem Zeigefinger auf ihn. Lothar nickte, wobei er wie zur Beruhigung kurz die Augen schloss. Hans übersetzte sich das Geschehen: Walter Windisch hatte Lothar Herzig ein Angebot gemacht, und wie auch immer Herzig reagieren würde, was er noch nicht getan hatte, da er clever war und wusste, wen man wie lange zappeln ließ, es kam für Hans einer Niederlage gleich. Sagte Herzig zu, wäre er sein Kollege und würde fortan in ihrer Beziehung, die über Berufliches nicht hinausging, auf seinen eigenen Vorteil achten. Außerdem wäre Hans damit den Status als eindeutig in einer anderen Liga schreibender Journalist los. Schlug Lothar das Angebot aus, hätte Hans das Gefühl, für einen Loser-Verein zu arbeiten, eben für »Western von gestern«, wie Henriette seine Zeitung ohnehin nannte. Windisch tippte sich zur Verabschiedung mit dem Zeigefinger gegen die Stirn und wandte sich wieder dem Ex-Politiker zu, der die ganze Zeit so getan hatte, als wäre das überhaupt kein Problem, mitten im Raum stehen gelassen worden zu sein.

»Ach, du und Windisch, ihr habt euch getroffen?«, fragte Hans möglichst beiläufig, als Windisch außer Hörweite war.

»Schon paar Tage her«, sagte Herzig. Mindestens ebenso beiläufig.

»Und?« Langsam beschlich Hans das Gefühl, mit einem Feind hier zu sitzen, auf jeden Fall mit einem erbitterten Konkurrenten. Warum hatte er denn nichts davon erzählt?

»Du«, Herzig zuckte mit den Schultern, »ich muss mal gucken. War jetzt nichts Konkretes, sondern einfach nur mal so. Guter Typ. Ich steh ja auf Wiener.«

Hans nickte, während sein Gehirn auf Hochtouren lief. Denn es hatte ihn ja nicht nur Herzig nicht eingeweiht, auch Windisch, mit dem er eigentlich sehr gut stand, hatte kein Wort gesagt. Dabei wusste der, dass er Herzig gut kannte.

»Du, was ganz anderes«, sagte Herzig, nachdem er gegähnt und sich geräkelt hatte, als wäre er soeben mit starken Rückenschmerzen erwacht. »Eine Ex-Freundin von mir macht gerade bei euch ein Praktikum, Niki von Halbstetten, so 'ne Blonde, sehr groß, schlank. Wir sind total gut befreundet, und sie meint, sie habe 'ne Affäre mit jemandem bei euch in der Redaktion. Sie wollte nicht sagen wer, nur, dass es irgendein alter Knacker ist, der seine Frau mit ihr betrügt und sich für einen geilen Typen hält.« Herzig lachte. »Das ist aber nicht Windisch, oder?«

Hans machte mit der leeren Espressotasse eine Übersprungshandlung. Führte sie an seine Lippen, setzte sie wieder ab und schüttelte den Kopf, und zwar so, als wüsste er etwas, dürfte es aber leider nicht sagen.

»Und was interessiert dich an Xandi Lochner?«, fragte Herzig schließlich doch, als sie gerade aufstanden. Sie hatten halbe-halbe gemacht, die Rechnung lag immer noch vor ihnen auf dem Tisch. »Ich meine, Xandi Lochner … Über die ist doch eigentlich alles gesagt.«

»Ja, aber noch nicht von mir«, dachte Hans, während er die Rechnung mit einer raschen Bewegung in seiner Tasche verschwinden ließ, und Herzig musste auf einmal wahnsinnig lachen, als hätte Hans diesen Satz tatsächlich gesagt.

5

Als Hans zurück in die Redaktion kam, klebte ein Post-it-Zettel auf der Tastatur seines Computers. Er sah ihn schon von der Tür aus. Er möge bitte kurz bei ihr vorbeikommen, stand darauf, Kramer. Auch das noch. Frau Kramer, deren Handschrift genauso rund war wie sie, ein Scherz, den Hans im Kollegenkreis schon öfters gemacht hatte, war die Redaktionsassistentin des Feuilletons (als er bei »Die Zeitung« anfing, sagte man noch Sekretärin). Ihr Zimmer lag im selben Stockwerk wie seines und das der Chefredaktion. Mit hastigen Schritten durchquerte er den Flur.

»Herr Benedek«, sagte Frau Kramer, ohne von ihrem Bildschirm aufzusehen, »man erkennt Sie am Gang. Immer in Eile.« Sie sah auf.

Er hielt eine Hand hoch. Am Daumen klebte das Post-it. »Was gibt es?«

»Ja, gut, Sekunde, wo habe ich es denn ...« Sie sah suchend auf ihren Schreibtisch, auf dem sich überall Papiere stapelten, auch viele ältere Ausgaben ihres Feuilletons waren zumindest teilweise zu sehen. »Ah, na bitte, da sage noch einer, bei mir regiere das Chaos.« Sie zog ein Kuvert aus einem der Papierhaufen, der daraufhin bedenklich in Schieflage geriet. *Benedek* stand darauf, in Frau Kramers lustiger Kugelschrift.

»Das muss ich Ihnen leider zurückgeben.« Sie sah ihn streng über ihre Brille hinweg an.

»Was? Was ist das?« Er nahm die Papiere, die sie aus dem Kuvert gezogen hatte und ihm entgegenhielt. »Na, so was. Borchardt, Einstein, sind die von mir?« Es waren Rechnungen aus den einschlägigen Restaurants, die er mittags besuchte. Schnitzellokale, in denen es freitags natürlich auch ein Fischgericht gab.

»Wurden nicht anerkannt.«

»Na, so was.« Er kratzte sich am Kopf.

Frau Kramer guckte bedauernd.

»Aber das war doch bisher nie ... Also, hier, da, was steht da, das war letzten Freitag, da war ich mit Georg Schüttler vom ›Handelsblatt‹ Themen absprechen. Und hier, Borchardt, drei Schnitzel? Ach so, im September, da müsste ich nachsehen. Nein, ich weiß, das war natürlich mit dem Sohn von« – er nannte den Namen des Chefredakteurs einer Konkurrenzzeitung –, »mit dem hab ich mich doch mal getroffen, weil der eventuell einen Praktikumsplatz bei uns ...«

Frau Kramer schüttelte den Kopf. »Neue Regeln.« Sie zeigte mit dem Daumen aufs Nebenzimmer, und ihre Lippen formten ein unhörbares »Börne«.

»Also so was …« Hans stand einen Augenblick ratlos mit den Quittungen in der Hand neben dem Schreibtisch von Frau Kramer. Die sah aus, als ob sie noch etwas sagen wollte, sagte aber nichts. »So was.«

Franziska Börne war seit ein paar Monaten neu in der Chefredaktion. Davor war der Job von einem Mann allein gemacht worden, aber die Holding, der die Zeitung seit einigen Jahren gehörte, hatte dem Ärmsten völlig überraschend eine tatkräftige Frau gleichberechtigt zur Seite gestellt, die der ganzen Sache noch mal zu Schwung verhelfen sollte, dem Konzept Printmedium sozusagen zu einem letzten Aufbäumen. Schnell hatte die Redaktion zu spüren bekommen, dass nun ein anderer Wind wehte. Franziska Börne, die zuvor stellvertretende Chefredakteurin eines Schweizer Wirtschaftsmagazins gewesen war, hatte in ihrer Antrittsrede von zwei Herausforderungen gesprochen, der sich »Die Zeitung« stellen müsse: Digitalisierung und gesellschaftlicher Wandel. Außerdem werde man sparen müssen, das sei leider erforderlich, andere Zeiten, Gürtel enger, auch personelle Konsequenzen, nicht vermeiden lassen, bedauerlich, letztlich aber, und deshalb sei sie insgesamt voll Zuversicht, meistern werden, vielen Dank für Ihre Aufmerksamkeit, dann also an die Arbeit.

Ihre Mails waren voller Smileys, weshalb sie der Bereich Print sofort geschlossen verachtete. Die Redakteure hatten damit begonnen, in ihren internen E-Mails miteinander zu wetteifern, wer die meisten Smileys unterbrachte, und Hans war mit großem Ehrgeiz ganz vorne mit dabei. Vor allem das weinende Lachgesicht hatte es ihm angetan, ein besonders ekliges Smiley, das er erst jetzt entdeckt hatte. Rechts und links aus seinen Augen sprangen ihm hämische Tränen der Schadenfreude, das setzte er nun verschwenderisch ein.

Franziska Börne war vielleicht Mitte dreißig, ein wenig drall, hatte lange blonde Haare und irgendwas mit den Augen, einen Tic oder so, anfangs hatte Hans gedacht, sie zwinkere ihm zu.

Hans nahm an, dass diese Personalie der erste Schritt der Zeitung in eine irgendwann papierlose Zukunft war, aber bis dahin, dachte er, könnte er es noch schaffen. Also bis zur Rente, ohne größere Umstellung. Er hatte jedenfalls nicht vor, seine Artikel demnächst auf TikTok, Clubhouse oder Twitch zu bewerben oder was für freche, junge Ideen Franziska Börne bestimmt bald einfallen würden.

Am schlimmsten fand Hans ihre Stimme, die er perfekt imitieren zu können glaubte, wofür er die Schultern herunterpresste, die Arme seitlich an den Oberkörper klemmte, als hielte er links und rechts Papiere mit den Achseln fest, und nach vorne sprach, ein bisschen wie E.T., nur höher, also irgendwie aus dem Brustraum gehaucht. (Es sei an dieser Stelle verraten, dass niemand außer ihm fand, dass er auch nur annähernd wie Franziska Börne klang, die vielleicht etwas gequetscht sprach, aber nicht halb so absonderlich, wie Hans sie nachmachte.) Und dann sagte er: »Hallo. Hallo. Ich bin Franziska Börne«, was Franziska Börne natürlich nie sagte, weil warum sollte sie.

Bisher hatte Hans angenommen, Franziska Börne wüsste, was die Zeitung an ihm hatte. Er war einer ihrer wichtigsten Autoren, das war einfach so, ja, so war das. Er hatte einige Journalistenpreise gewonnen (was natürlich auch bedeutete: Er reichte ständig eigene Texte bei Journalistenpreisen ein). In seiner Branche war er, ja, das konnte man schon so sagen, fand er, ein Star. Mehrmals hatten ihn Konkurrenzzeitungen abwerben wollen, mehrmals hatte er das für Gehaltsnachverhandlungen zu nutzen gewusst, sodass er inzwischen vermutlich ebenso viel verdiente wie Windisch, wenn nicht sogar mehr. Und nun hatte ihn diese Börne offenbar auf dem Kieker. Hatte er sie unterschätzt? Diese seltsame Person mit der gequetschten »Halloichbinfranziskabörne«-Stimme und den kugelrunden Waden?

»Und wegen dem Hotel in Baden-Baden …«

Frau Kramer sah ihn so mitfühlend an, dass er sie nicht auf ihren Grammatikfehler hinwies. »Also weil Sie ja meinten, Sie würden gern ins Brenners Park Hotel …«

»Nur wenn die Journalistenkonditionen haben natürlich«, sagte er schnell.

»Ja, also, Herr Benedek, ich fürchte …«

»Der Badische Hof ist natürlich auch gut. Oder zur Not das Roomers, das soll auch anständig sein. Wenn auch nicht ganz mein Stil.«

»Herr Benedek, ich schaue, was ich für Sie tun kann.«

Zurück in seinem Büro, unter einem riesigen Filmplakat von Jean Cocteaus »Orphée« und einem gerahmten Foto, das Hans neben Barack Obama zeigte, sah er sich die Sache genauer an. Knapp fünfzig Quittungen hatte er zurückbekommen: für alle Mittagessen, die er in den vergangenen zwei Monaten eingereicht hatte. Er reichte jedes Mittagessen ein, für das er sich mit irgendjemandem traf, der im weitesten Sinne dem Thema Kultur zugeordnet werden konnte. Oder Journalismus. Er aß niemals allein.

Hans war bei seiner Zeitung verantwortlich für die Bereiche Kunst, Architektur und absurderweise, weil sich niemand anderes dafür gefunden hatte, auch Ballett. Er schrieb aber über alles, was ihn interessierte. Seine Rolle in der Redaktion war, was man eine Zeit lang durchaus spöttisch *Edelfeder* genannt hatte: jemand, der einfach sehr schön schreiben konnte, was den unterschiedlichsten Themen oder Menschen, denen er sich in seinen Texten zuwandte, zugutekam. So seine eigene Meinung, die sich glücklicherweise mit der seines Ressortleiters deckte, der auch fand, dass jeder Benedek-Text ihr Feuilleton schmückte.

Manchmal war ein anderer am Tisch schneller und steckte den Bewirtungsbeleg ein, bevor Hans ihn an sich bringen konnte. Diese Mittagessen schmerzten ihn. Ein Schnitzel mit Beilagensalat, einer Flasche Wasser und einem Espresso macchiato, wie er es heute gehabt hatte, kostete an die vierzig Euro, fünfundvierzig mit Trinkgeld. Aber dass ihm eine Quittung entging, war die Ausnahme. Es passierte eigentlich nur, wenn Windisch mit ihm aß, denn bei ihm hielt sich Hans selbstverständlich etwas zurück. Ansonsten kam er mit seiner Methode gut durch. Ab mehr als zwei Teilnehmern hatte er sich inzwischen angewöhnt, die Rechnung eher schnell einzustecken, und zwar betont gedankenlos, als merkte er selbst gar nicht, was er tat. Dieselbe Technik hatte ihm zu vielen Feuerzeugen verholfen. Mit Herzig hatte es heute auch wieder geklappt. Achtzig Euro hatten sie zusammen für das Mittagessen bezahlt, das ihn ziemlich durcheinandergebracht hatte. Immerhin befand sich der betreffende Bewirtungsbeleg jetzt in seinem Portemonnaie. Aber er würde ihn nun also nicht einreichen können. Nicht schön.

Auf der nächsten Quittung, die er sich vornahm, stand auf der Rückseite etwas mit Kugelschreiber. Es war seine Schrift, kein Zweifel, steile nervöse Kurven, die, da hatte Henriette schon recht, aussahen wie seismografische Ausschläge. Oder letzte Aufzeichnungen einer Herzfrequenzmessmaschine vor dem finalen waagrechten Strich. Sah kühn aus, aber man konnte es nicht lesen. Nicht einmal er selbst.

Er sah sich die Quittung genauer an. Sie war aus einem japanischen Lokal. Ah, er erinnerte sich. Da war er nach diesem Architekturkongress gewesen. Im Nachhinein vor allem deshalb keine gute Veranstaltung, weil der Online-Hauptstadt-Partyberichterstattungsdienst »Wer mit wem« seinen saublöden Hausfotografen dort hatte fotografieren lassen, eine totale Pfeife, von der er nur den Vornamen wusste, Quirin (so hieß sonst niemand in der Stadt), auf dessen Bildern jeder gnadenlos realistisch aussah. Wer rechnete denn auf einem Architekturkongress mit Partyberichterstattung? Allein daran schon ließ sich ablesen, dass es mit Berlin als Großstadt von internationalem Rang nicht so weit her war. Offenbar war es der Tag gewesen, an dem gerade keine Kunstmesse war.

Auf den Fotos von diesem Abend, die Hans irgendwann beim Sich-selbst-Googeln zufällig entdeckte, war nicht zu übersehen, dass er älter geworden war. Sein eigenes inneres Bild von sich zeigte ihn noch mit dem vollen, fast lockigen Haar, von dem seine Mutter früher immer gesagt hatte, es sehe aus wie das Haar eines Kennedys – »Präsidentenhaar« –, bevor sie mit ihren Fingern hindurchfuhr. Vor dem Badezimmerspiegel ließ sich dieses Bild aufrechterhalten: Er durfte nur das Kinn nicht senken oder den Kopf zur Seite drehen. Die Architekturkongressfotos aber ließen keinen Zweifel: oben auf dem Kopf hatte er eine kahle Stelle. Von der Seite sah er aus wie ein gerupftes Huhn oder ein verrückter Professor, der aus einer Anstalt entkommen war, und allein der Gedanke an diese Bilder vergrätzte ihm die Laune, die ohnehin angefressen war, wegen Franziska Börne und noch ein paar anderen Gründen, von denen einer Niki hieß, die heute nicht in der Redaktion war.

6

Die Zeiten, in denen Henriette sich wegen der Affären ihres Mannes gegrämt hatte, waren vorbei. Das hatte viele Jahre gebraucht, aber eines Tages, es war noch gar nicht so lange her, traf sie in der Praxis ihrer Therapeutin, Frau Çelik, plötzlich die Einsicht, dass nicht sie ein Problem hatte, sondern Hans.

Sie saß mit geschlossenen Augen auf der Kante ihres Stuhls, kerzengerade, wie immer, wenn sie die Sense-Übungen machten, bei denen Frau Çelik sie mit ihrer ruhigen dunklen Stimme auf eine Reise in die Kindheit mitnahm. »Und was sehen Sie jetzt?«, hatte die Therapeutin gefragt, eine große Frau mit langen grauen Locken, die gleichzeitig etwas Kühles und etwas Fürsorgliches ausstrahlte.

»Unsere Treppe.«

»Beschreiben Sie die Treppe.«

»Die ersten zwei Stufen gingen geradeaus …«

»Beschreiben Sie es in der Gegenwartsform. Was sehen Sie? Wie ist diese Treppe?«

»Also, die geht so in einer Linkskurve in den ersten

Stock. Sie ist mit irgendetwas Rauem, Dunkelblauem belegt. Nicht Sisal, aber ungefähr so trocken. Vielleicht einfach nur ein sehr alter Stoff.«

»Ist das die Treppe mit der magischen Stufe?«

Henriette nickte. Sie hatte keine Ahnung, wie Therapeuten das machten. Wie behielten sie nur all die vielen Dinge im Kopf, die ihre stündlich wechselnden Patienten irgendwann in einem Nebensatz erwähnt hatten.

»Das ist also die Treppe, wo unter einer Stufe all die toten Filmschauspieler leben.«

»Unter der untersten. Ja, naja, Marilyn Monroe. Und James Dean. Und Mickey Mouse. Und die Fünf Freunde. Und Pippi Langstrumpf. Und all die Leute, die ich halt toll fand so mit sieben oder neun oder wie alt ich da war.«

»Und nur Sie wussten davon.«

»Nur ich wusste davon.«

»Und vor dieser Treppe stehen Sie jetzt.«

»Ja. Und ich gucke hoch.«

»Und was hören Sie?«

Was hatte sie gehört? Ein leises Schluchzen. Nein, vielmehr ein Wimmern. Im ersten Moment hatte sie gedacht, ihre Katze hätte womöglich wieder Junge gekriegt. Aber das konnte nicht sein, sie war nicht trächtig gewesen. Aus dem Wimmern war auch schnell etwas anderes geworden, etwas, das ihr einen wahnsinnigen Schrecken eingejagt hatte, den sie in diesem Augenblick wieder spüren konnte.

»Was fühlen Sie gerade?«

»Mein Magen ...«

»Ihr Magen tut weh?«

»Nein, nicht weh. Er verschnürt sich so. Er krampft sich zusammen. Gleich unterhalb des Zwerchfells.« Seit ihrer Yogalehrerausbildung konnte sie Körperempfindungen viel besser lokalisieren.

Sie hatte am Fuße der dunkelblauen Treppe gestanden, die immer so geächzt und gekracht hatte, wenn man auf ihr ging. Nie hatte sie herausgefunden, welche Stufen es waren oder wo man wie hätte hintreten müssen, um kein Geräusch zu machen. Oben weinte ihre Mutter. Und sie konnte ihren Vater hören, der aber zu leise sprach, um etwas zu verstehen. Und dann war da plötzlich ein dumpfes Geräusch, als ob jemand hinfällt, und ihre Mutter schrie »Hau ab« und »Ich hasse dich«, und ihr Vater kam die Treppe herunter, lief an ihr vorbei, ohne ein Wort zu sagen. Das Geräusch der ins Schloss krachenden schweren Haustür hallte noch ein paar Momente nach.

»Wo sind Sie jetzt?«

»Was, wieso? Ach so.« Henriette atmete tief in den Bauch ein. Auf einmal schossen ihr Tränen in die Augen, und sie schlug die Hände vors Gesicht, damit Frau Çelik die Grimassen nicht sah, mit denen sie ihre Gefühle wieder einzufangen versuchte.

Sie erinnerte sich auf einmal an so viele Details. Die Langsamkeit, mit der ihre Mutter die Treppe heruntergekommen war. Fast wie in Zeitlupe, jede einzelne Stufe hatte geknarzt. Sie hatte einen dunkelroten Pullover an. Unter ihren Augen waren schwarze Stellen, wo die Wimperntusche verlaufen war.

»Was stehst du hier?«, fragte sie, harter Ton.

Henriette wusste nicht, was sie sagen sollte.

»Was du hier stehst?«

Als ihre Mutter in Ohrfeigen-Nähe war, wich Henriette zurück.

»Was ist denn, hast du etwa Angst?«

Ihre Mutter sah sie erstaunt an.

»Hast du Angst vor mir?« Sie machte einen Schritt auf sie zu, und Henriette, der ihre Mutter auf einmal vorkam wie eine Fremde, flüchtete die Treppe hoch.

»Henriette.«

Ohne nachzudenken, lief Henriette ins Elternschlafzimmer.

»Henriette.«

Sie sah den Stapel Fotos sofort, der auf dem Bett lag, schnappte ihn sich und rannte damit ins Gästeklo, wie sie es nannten, auch wenn es ihr normales Klo war, ein kleines, grün gekacheltes WC, das sich abschließen ließ.

»Und das sind die Fotos, von denen Sie schon mal erzählt haben?«

Henriette nickte.

Auf den Fotos war eine junge Frau in Unterwäsche.

Keine normale Unterwäsche, sondern schon Reizwäsche, also schwarze Spitze, und, wenn ihre Erinnerung sie nicht trog, sogar mit Strumpfhalter, allerdings ohne Strümpfe. Was die Sache aber so unheimlich machte, war, dass die Aufnahmen in diesem Haus gemacht worden waren. Das Bett, auf dem die Frau lag, war das Bett ihrer Eltern. Die karierte Bettwäsche war die ihrer Eltern. Henriette wusste genau, wie sie sich anfühlte, leicht geriffelt und kühl, sie war aus einem bügelfreien Material. Das bedeutete, wie auch eine Elfjährige verstand, dass der Fotograf Henriettes Vater gewesen war.

Von außen donnerte es gegen die Tür.

»Henriette.«

»Sie sind Zeuge eines Ehestreits geworden, in dem es um die Untreue Ihres Vaters ging, und Ihre Mutter hat sich dann gegen Sie gewandt.«

Wie klar Frau Çelik das zusammenfasste, so war es gewesen.

»Obwohl Sie auf ihrer Seite waren, hat sie Sie zur Gegnerin gemacht.«

»Sie hat zwei oder drei Tage nicht mit mir geredet danach. Weil ich die Fotos genommen hatte.«

»Das muss schwer für Sie gewesen sein. Sie waren noch ein Kind.«

Ihre Mutter war richtig auf sie losgegangen, als sie sich endlich aus dem Gästeklo gewagt hatte. Sie hatte ihr die Fotos aus der Hand geschlagen und sie, als sie weglaufen wollte, an den Haaren zu fassen gekriegt. Aber sie hatte sich losreißen können.

»Und Ihre Mutter hat die Wut, die eigentlich ihrem Mann galt, auf Sie übertragen. Einfach weil Sie um die Sache wussten. Weil Sie wussten, dass Ihre Mutter betrogen worden war. Weil Ihr Mitwissen, für das Sie nichts konnten, aus Ihrer Mutter eine betrogene Frau gemacht hat.«

»Ich mag das Wort nicht.«

»Betrogen?«

»Betrügen.«

»Welches Wort passt besser für Sie?«

Und das war der Moment gewesen, in dem sich irgendetwas in Henriette verändert hatte. Oder jedenfalls hatte sie es in diesem Moment bemerkt. Ja, ihr Vater hatte ihre Mutter hintergangen. Er hatte gelogen, sich nicht an ihre gemeinsame Vereinbarung gehalten, aber war das denn wirklich so existenziell schlimm? Vielleicht war ihr Vater schon lange nicht glücklich gewesen, vielleicht war ihre Mutter ihm mit ihrer Rolle der Tugendhaften auf die Nerven gegangen, die sie auch heute noch so überzeugt von sich gab, als wäre sie der Papst und alle anderen Menschen einfache Sünder. Beide waren heute neu verheiratet und, soweit Henriette es beurteilen konnte, glücklicher.

Jedenfalls traf sie an diesem verregneten Dienstagvormittag in der Praxis ihrer Therapeutin die Entscheidung, sich nicht länger von Hans *betrogen* zu fühlen, wenn der es eben aus irgendwelchen Gründen für wichtig hielt, sich auch außerhalb seiner Ehe Bestätigung von Frauen zu holen. Meine Güte. Zur Hölle mit dieser verdammten Moral. Sollten sich doch andere Menschen darüber den Kopf zerbrechen, was in ihrer Ehe los war. Sie hatte jedenfalls keine Lust mehr, sich darüber zu definieren. Sie war so viel mehr als nur die Frau von Hans Benedek. Und er mehr als nur ihr Mann. Was wusste sie denn schon von seinen Nöten. Und auf einmal hatte er ihr so leidgetan mit seinen unermüdlichen Versuchen, der Welt oder seinem Vater zu beweisen, dass er eine ganz große Nummer war. Sie sah ihn vor sich, wie er gerade wieder irgendwo langmarschierte, etwas nach vorne gebeugt, als kämpfte er gegen starken Wind an, immer in Eile, als gälte es, unbedingt vor allen anderen irgendwo zu sein, Erster zu sein. Und schon war er an ihr vorbeigelaufen, und sie sah ihn von hinten, die Schultern hochgezogen, die ausgehenden Haare … Ihr wurde schwer ums Herz, wie das ja manchmal so ist, wenn einem plötzlich kurz aufgeht, wie vergebens letztlich alles ist, und wie egal, da sie alle sterben würden, jeder für sich, was oder wer man auch immer versucht hatte zu sein. Es war einer dieser wie mit Blitzlicht angeleuchteten Momente der Klarheit, in denen man für den Bruchteil einer Sekunde alles versteht. Und plötzlich war ihr ein Lachen den Hals hochgestiegen. Zunächst war es leise gewesen, wie ein Versehen, hatte sich aber schnell zu einer Art Lachanfall gesteigert. Sie hatte gar nicht mehr aufhören können zu lachen, es hatte sie richtig geschüttelt, bis ihr das Zwerchfell wehtat und sie sich mit beiden Händen den Bauch hielt. Irgendwann hatte auch Frau Çelik mitlachen müssen. Zuletzt hatten sie beide Tränen in den Augen gehabt.

7

Pünktlich um zehn vor acht war Hans vor dem Kino. Er hatte extra eines in einem abgelegenen Stadtteil ausgewählt, um sicherzugehen, dass er niemanden träfe. Die Eintrittskarten hatte er aus der Redaktion noch hektisch telefonisch reserviert und sich gefreut, dass es nicht ausverkauft war. Der Film, die restaurierte Fassung eines japanischen Agententhrillers, lief noch nicht lange, und Hans meinte, mal irgendwo gelesen zu haben, dass es der Lieblingsfilm von Tarantino war. Er hatte Henriette eine Nachricht geschickt, dass er mit Windisch noch zu einem langweiligen Journalistenpreis-Juroren-Treffen müsse, war in seinen gelben Fiat X 1/9 Cabriolet gestiegen, den er tagsüber in der redaktionseigenen Tiefgarage parkte, und nach Neukölln geflitzt.

Um fünf vor war Niki immer noch nicht da. Oder sonst jemand. Er stand allein vor dem Kino. Es war ein schwüler Abend, und es regnete. Das Licht des Leuchtschilds spiegelte sich auf dem nassen Asphalt.

Hans wusste nicht, aus welcher Richtung sie kommen würde. Alle paar Sekunden stellte er sich anders hin.

Er schlug seinen Mantelkragen hoch.

Er schlug ihn wieder runter.

Er zog den Mantel aus, für den es ohnehin viel zu warm war, und hängte ihn sich über den Arm.

Er sah versonnen in die Ferne (wie in einen imaginierten Sonnenuntergang).

Er studierte das Kinoprogramm der kommenden Wochen im Schaufenster.

Er dachte an Lothar Herzig und ärgerte sich.

Er dachte daran, dass Praktikantinnen früher anders gewesen waren. Unkomplizierter. Lustiger. Natürlich war er damals auch jünger gewesen und der Altersunterschied nicht so groß. Jetzt war es ihm jedes Mal ein Gräuel, wenn eine neue Praktikantin ihn siezte. Er hoffte, dass es noch nicht schmierig rüberkam, wenn er darauf vorschlug, sich zu duzen. Nie fühlte er sich älter als in den Momenten, in denen eine Anfang Zwanzigjährige im Redaktionsflur zu ihm sagte: »Können Sie mir mit dem Drucker helfen, Herr Benedek, da ist irgendwie Papierstau.«

Sein Chef, Windisch, hatte eine ehemalige Praktikantin geheiratet. Sie war aus Venezuela, hatte anfangs kaum Deutsch gesprochen, und ihre Haare waren so schwarz, dass sie blau schimmerten. Hans hatte sie zuletzt bei der Redaktions-Weihnachtsfeier gesehen. Ihre Haare waren immer noch schwarz, aber sie trug sie jetzt kurz. Sie hatten zwei kleine Kinder, ein Junge, ein Mädchen, die beide aussahen wie Miniaturausgaben von Diego Maradona.

Nach der Geschichte mit Maria vor eineinhalb Jahren hatte Hans sich vorgenommen, nie wieder etwas mit einer Praktikantin anzufangen. Sie war eigentlich in der Online-Abteilung gewesen, aber dauernd in die Feuilleton-Konferenzen gekommen und hatte sich als komplett durchgeknallt herausgestellt. Kaum hatten sie etwas miteinander, hatte sie ihm vor seinem Haus aufgelauert, hatte ihn in E-Mails bedroht und auch Nachrichten an Henriette geschrieben, was natürlich nicht gerade ideal gewesen war. Maria war für ihn ein Schlusspunkt gewesen. Er hatte das Henriette hoch und heilig versprochen, und er hatte das auch so gemeint.

Und dann war Niki gekommen, mit ihrem blonden Kurzhaarschnitt und den langen Beinen, und es war doch wieder weitergegangen mit den Abenteuern. Sie hatte ihn geduzt. Ihm eine Kurzgeschichte gezeigt, die sie geschrieben hatte, mit der Bitte um Hilfe. Er war ein paarmal mit ihr Mittag essen gegangen. Hatte sie ermutigt, sich in Konferenzen mehr einzubringen, Themen vorzuschlagen. Hatte ihr Themen vorgeschlagen, die sie vorschlagen könnte. Hatte sie gefragt, ob sie sich für Ballett interessiere, hatte sie gebeten, sich doch ein bisschen für Ballett zu interessieren. Hatte ihr ein Interview mit der neuen Chefin einer wichtigen Ballettkompanie besorgt, es mit ihr zusammen geführt und redigiert. Und dann hatte sie ihm auf einmal ein Dickpic geschickt.

Es war kein guter Zeitpunkt gewesen. Er war gerade mit Henriette am JFK gelandet. Emma war während der drei Tage, die ihre Eltern in New York sein würden, auf einer Schulexkursion. Als sein Handy endlich Netz hatte, waren sie schon in der Schlange für die *Immigration*. Henriette stand hinter ihm. Sie sah zwar sein Display nicht, aber er erschrak so sehr, als er Nikis Nachricht öffnete, dass sie das mitbekam.

»Was ist denn?«

»Nichts.«

»Ist was mit Emma?«

»Nein.«

»Was ist denn los?«

»Nichts.«

»Hans.«

Er faselte irgendwas viel zu langes, dass er nur gerade gedacht hätte, vielleicht stünden sie in der falschen Schlange, aber Moment mal, nein, *all other passports*, nein, sie waren hier schon richtig, Gott sei Dank, sonst wären sie umsonst angestanden, und sie verdrehte die Augen, und er packte sein Handy ein, das er vor lauter Schreck ganz ausgestellt hatte, und erst im Hotel, als Henriette schlief, machte er es auf dem Klo vorsichtig wieder an und studierte die Nachricht noch mal in Ruhe. Erst jetzt bemerkte er, dass auf dem erigierten Schwanz etwas tätowiert war. Er zoomte heran. *Ich steh auf dich* stand da. Dazu hatte Niki geschrieben: »Symbolfoto«. Und ein Zwinkersmiley gemacht.

Vier Tage später ging ihre Affäre los.

Seither hatte Niki für »Die Zeitung« Bücher und Filme besprochen, weitere Interviews gemacht, und sogar einmal einen Aufmacher geschrieben, einen persönlichen Bericht darüber, wie demütigend es ist, wenn Männer einem nachpfeifen. Windisch hatte ihm die Überschrift »Ihr Pfeifen« verpasst.

Weite Teile dieses Textes, der sich wie ein Stoßseufzer von der Seele geschrieben las, hatte Hans verfasst. Es war ihm nicht leichtgefallen, da er in seinem ganzen bisherigen Leben noch nie einer Frau nachgepfiffen hatte, geschweige denn in der Situation gewesen wäre, dass ihm Männer nachpfiffen. Oder irgendjemand. Aber komischerweise stammten gerade die Passagen von ihm, die nach der Veröffentlichung »mutig« genannt und mit »das wurde auch mal Zeit« kommentiert wurden – sowohl redaktionsintern als auch von anderen Medien. Und natürlich in den sozialen Netzwerken, in denen das Stück durch die Decke ging.

Zwei Literaturagenten kontaktierten Niki und fragten, ob sie sich vorstellen könne, aus ihrem Artikel ein Buch zu machen. Als sie damit zu Hans kam, sagte er ihr, dass sie das unbedingt machen solle, aber nicht mit seiner Hilfe rechnen könne. Das sei einfach zu viel Arbeit, das schaffe er nicht. Das müsse sie doch verstehen. Aber sie war ernsthaft beleidigt und sprach mehrere Tage kein Wort mit ihm.

Niki war aus München und noch nicht lange in Berlin, wo sie in einer Wohnung in Mitte lebte, die ihrem Vater gehörte. Sie zahlte keine Miete und konnte es sich daher leisten, Praktika zu machen. Hans hatte sie irgendwann gefragt, warum sie Journalistin werden wolle. Irgendwas müsse man ja machen, hatte sie gesagt. Ihre Texte klangen, als hätte sie ein Kind verfasst, das vor Erwachsenen angeben wollte. Sie benutzte viele Adjektive, und obwohl Hans ihr fast alle wieder rausstrich, hielt sie das nicht davon ab, beim nächsten Mal wieder genauso viele zu benutzen. Sie griff auch immer wieder zu denselben Floskeln. Nerven lagen bei ihr *blank*, geweint wurde *bitterlich*, Dinge wurden *unmissverständlich* klargestellt.

Während Hans ihre Texte umschrieb, saß sie in ihrem Schlafzimmer neben ihm am Schreibtisch, unter einem riesigen gerahmten Poster von Simone de Beauvoir, und sah ihm zu. Sie war nie beleidigt, wenn er etwas kritisierte, sondern bedankte sich bei ihm. »Viel besser so«, sagte sie, »woher kannst du das nur? Nein, das ist wirklich so toll.«

Er genoss ihre Bewunderung. Leider hatte er den Eindruck, dass sie sich in letzter Zeit etwas zurückzog. Neulich hatte sie zum ersten Mal einen Artikel veröffentlicht, den sie nicht mit ihm durchgegangen war. Es war ein fiktiver Dialog in der Herbst-Literatur-Sonderausgabe, mit zehn Protagonisten, die statt Namen Nummern hatten, sie hießen 1 bis 10. Erst zuletzt, sozusagen als überraschende

Pointe, erfuhr der Leser, dass es sich dabei um die zehn Fingernägel von Billie Eilish handelte – eine Sängerin mit überlangen Fingernägeln. Sie, also die Nägel, unterhielten sich in Nikis Rollenprosa über die Vorzüge eines Daseins, bei dem man nicht mal mehr ans Handy gehen müsse (weil technisch unmöglich). Hans, der während der Produktion dieser Literaturausgabe in Venedig gewesen war, um sich vor Ort über die Pläne für die nächste Architekturbiennale zu informieren, hätte den Text, der auf der vorletzten Seite unten stand, übersehen, wenn Henriette ihn nicht darauf angesprochen hätte. Wie könne man so etwas drucken, hatte sie ihn gefragt. Und wer, sie las den Namen aus der Zeitung ab, Niki von Halbstetten sei.

»Entschuldigen Sie.«

Hans drehte sich um. Vor ihm stand ein Mann, gut angezogen, schon etwas älter.

»Entschuldigen Sie bitte.«

Hans überlegte blitzschnell, ob er den Mann irgendwoher kannte, er hatte ein sehr gutes Gesichtergedächtnis. Aber nein. Vielleicht ein »Die Zeitung«-Leser. Unter seiner monatlich erscheinenden »Take It Essay«-Kolumne, in der er interessante aktuelle Essays aus der Weltpresse referierte, war eine Zeichnung seines Konterfeis. Er erkannte sich darauf nicht wieder, aber Henriette fand ihn sehr gut getroffen. Hans nahm Haltung an und sah den Mann freundlich an.

»Haben Sie vielleicht etwas Kleingeld?«, sagte der leise. »Ein paar Groschen, ein Euro … alles würde helfen.«

Hans gab ihm einen Zehn-Euro-Schein. Wie peinlich. Er wartete, bis der Mann um die Ecke gegangen war, dann zündete er sich eine Zigarette an. Das Nikotin beruhigte ihn sofort. Er nahm sein Handy, öffnete Twitter und vertiefte sich in einen Thread über den beim Streamen von Musik verursachten CO_2-Ausstoß, der natürlich viel höher …

»'tschuldigung, mein Uber kam nicht.«

Er schnippte die Zigarette in weitem Bogen auf die Straße. Niki hasste Rauchen, und eigentlich rauchte er ja auch gar nicht. »Das macht doch nichts.«

Er zögerte, sie in den Arm zu nehmen, und tatsächlich machte sie keine Anstalten, ihm näher zu kommen. Beinahe wäre ihm eine Bemerkung über ihre Schuhe herausgerutscht, aber er behielt sie gerade noch für sich. Warum zogen sich Frauen heute extra hässlich an? Er beschloss, Emma zu bitten, es ihm doch irgendwann einmal so zu erklären, dass er es verstand. Trotz der klobigen Schuhe kamen Nikis Beine zur Geltung, das musste er sagen. Sie hatte wirklich verdammt lange Beine. Ob er ihr ein Kompliment machen sollte? Lieber nicht.

»Ich hab dich heute in der Redaktion vermisst«, sagte er und ärgerte sich sofort. Machte er allen Ernstes einer Praktikantin den Hof, die mal mit Lothar Herzig zusammen gewesen war und ihn für einen, was war es, alten Sack hielt, halt, nein: für einen alten Knacker? Das Dumme war nur, dass er sie sehr anziehend fand. Auch jetzt, wie sie da vor ihm stand, mit ihrer Jean-Seberg-in-»Außer Atem«-Frisur, aus der ihre niedlichen Abstehohren so rührend herausragten, und ihren schönen Händen, mit denen alles, was sie anfasste oder hielt, teuer aussah. Ihre Fingerhaltung war immer so anmutig, als führte sie etwas vor. Selbst wenn sie nur in der Redaktionsküche eine Tüte H-Milch öffnete, wirkte es wie Werbung für Milch.

Ihre Hände waren zierlich und zart wie die einer Renaissance-Madonna. Und sie waren ebenmäßig hell, ohne irgendwelche Verfärbungen oder Faltenwürfe. Niemals zuvor hatte er so schöne Hände gesehen.

»Wollen wir?«

Er hielt Niki die Tür auf. Als sie an ihm vorbeiging, stieg ihm ein ätzender Geruch in die Nase. Es erinnerte ihn an den Chemieunterricht, in dem sie abenteuerliche Experimente mit einer Alkohollösung gemacht hatten, wie hieß sie gleich?

»Riechst du das?«, fragte er Niki.

»Was?«

»Riecht es hier nach Ethanol?«

Sie hielt ihm ihr Handgelenk unter die Nase. »Meinst du das?«

Tatsächlich, der Geruch stammte daher. Er kitzelte ihn scharf in der Nase.

»Das ist das neue Comme des Garçons.«

Er machte hustend ein anerkennendes Gesicht.

Außer ihnen war niemand im Foyer. Nur ein alter Mann hinter der Theke, der in einem Buch las.

»Ich habe zwei Karten bestellt. Auf Benedek.«

Der Mann riss zwei Karten von der Rolle und schob sie, ohne aufzusehen, über den Tisch. »Saal 1. Was zu trinken?«

Sie nahmen beide ein Bier. Hans zahlte. Er zahlte immer, wenn er sich mit Niki traf. Der Mann zahlt. Das hatte ihm seine Mutter so beigebracht.

»Ein Glück hast du reserviert«, sagte Niki, als sie den leeren Saal betraten.

Er lachte. Es gehörte zu seinen schönsten Eigenschaften, über sich selbst lachen zu können. Das hatte ihm mal irgendjemand in einer Mail geschrieben, die ansonsten voller Anschuldigungen und Vorwürfe war. War es Maria gewesen? Ja, vermutlich Maria.

Niki wollte in der Mitte sitzen, also setzten sie sich in die Mitte. Ihr neuer Duft störte Hans zunehmend. Ob er gekippt war? Wurden Parfüms nicht schlecht, wenn sie einmal warm geworden waren? Der Alkoholgeruch wurde durch nichts Blumiges oder Holziges abgefedert, Niki roch eins zu eins nach Anästhesie. Vielleicht war die Kopfnote schon verflogen und die Bassnote oder wie das hieß war eine Fehlkomposition? Hans hatte schon Kopfschmerzen. Seltsam, dass Niki davon überhaupt nicht beeinträchtigt schien. Seelenruhig trank sie ihr Bier.

»Und was hast du heute gemacht statt Redaktion?«, fragte Hans.

»Gelesen.«

»Und was?«

»›Es geht los‹.«

Hans sah zur Leinwand.

»Es geht doch noch gar nicht los.«

»›Es geht los‹, das Buch von Xandi Lochner. Sagt die dir was?«

»Natürlich. ›Es geht los‹! Xandi Lochner. Klar. Sagenhaftes Buch.«

»Naja. Ganz nett, aber mehr jetzt auch nicht, oder? Hast du es gelesen? Ist doch gar nicht so dein Thema.«

»Also hör mal. Ich interessier mich doch. An Xandi Lochner kommt man nicht vorbei, wenn man heute in diesem Land etwas über die Gegenwart verstehen will.«

Niki sah ihn komisch an.

Hatte er da versehentlich gerade einen der Blurbs zitiert? Er hatte sich das Buch am Morgen von Henriettes Nachttisch genommen und es in der Redaktion rasend schnell quergelesen. Am meisten hatten ihn die ganzen Anglizismen genervt. Warum *nice*, wenn man *nett* schreiben kann. Und was sollte immer dieses *cute*?

Außerdem hatte er erst auf den letzten Seiten verstanden, was all diese *they* im Text sollten. Dass die Hauptfigur nicht plötzlich durch irgendein modernes Genomverfahren vervielfältigt worden war, sondern dass sich *they* tatsächlich auf die Hauptfigur allein bezog, die sich nunmehr als nichtbinär identifizierte.

»›Das war mein *life*‹, dachte they glücklich und schloss die Augen.« Das war der letzte Satz, der den Tod der zwölfjährigen Hauptfigur beschrieb, eines einzelnen Menschen also, für den ein Singular-Pronomen aber nicht mehr ausreichte. Meine Güte, mit zwölf wusste man doch noch nicht, als was man sich mit 14, mit 17, mit 21 fühlen würde? Naja, er musste nicht alles verstehen, und was Xandi Lochners Debüt betraf, so musste er es ja zum Glück nicht rezensieren.

»Ich fand es bemerkenswert«, sagte er. »Für ein Debüt. Und so modern.«

»Ich wollte Windisch vorschlagen, die zu interviewen«, sagte Niki. »Aber wahrscheinlich ist ihm das wieder zu … wie sagt er immer … trivial.«

Im Saal wurde es dunkel.

»As a matter of fact«, sagte Hans und wunderte sich selbst darüber, »treff ich die morgen.«

»Wen?«

»Xandi Lochner.«

»Du?«

»Ich schreibe ein Langzeitporträt über sie. Warum nicht? Was guckst du denn so? Also das beleidigt mich schon fast.«

»Was hast du denn mit Feminismus am Hut? Du hast doch gesagt, dass du dir erlaubst, dazu keine Meinung zu haben.«

»Wann soll ich denn das gesagt haben?«

»In Paris. Als wir Catherine Deneuve auf der Straße gesehen haben.«

»Ach komm.«

Tatsache. Er hatte es gesagt. Aber das war jetzt aus dem Zusammenhang gerissen.

Sie waren zusammen in Paris gewesen. Er hatte dort einen Interviewtermin mit Carla Bruni gehabt (den Termin hatte Bruni in letzter Sekunde platzen lassen) und Niki eingeladen mitzukommen. Also nicht zum Interview, aber nach Paris. Das war noch vor Frau Börne gewesen, als er ganz selbstverständlich in Hotels Doppelzimmer bekam. (»Ich schlafe einfach lieber in einem großen Bett, Frau Kramer.« »Aber natürlich, Herr Benedek, so ein Doppelzimmer ist doch viel gemütlicher.«) Auf diese Weise war Niki mit ihm auch in Antwerpen, London und auf Schloss Elmau gewesen. Immer heimlich und dadurch aufregend.

Jedenfalls waren sie abends durchs Marais geschlendert und hatten dort, in einer Gasse, die so schmal war, dass Hans mit ausgestreckten Armen links und rechts die Gebäude berühren konnte, Catherine Deneuve gesehen, die ihnen rauchend und ins Telefon fluchend wie ein Droschkenkutscher entgegenkam. Sie hatte so laut gesprochen, als dächte sie gar nicht mit, dass man sie erkannte. Sie trug eine große Sonnenbrille und eine unförmige Kappe, aber man sah trotzdem sofort, dass sie Catherine Deneuve war. Als sie an ihnen vorbeilief, wofür sie extra stehen blieben, damit es auf dem begrenzten Platz gelang, hatte Niki geflüstert: »Frauenfeindin.« Auf Deutsch. Das hatte Hans kritisiert, nicht das Deutsche, sondern die Beleidigung, und Niki war sofort auf hundertachtzig gewesen, Catherine Deneuve sei eine Verräterin, die nicht automatisch immer aufseiten der Frauen stehe, was man als Frau aber müsse, um die Verhältnisse zu ändern, und sie waren dann in einen riesigen Streit geraten über das Frauenbild im französischen Film, der sich noch verschärfte, als Hans versuchte, den Film »Les Valseuses« zu verteidigen, diesen erotisch angehauchten Komödienklassiker aus dem Jahr 1974, den Niki gerade erst auf dem Criterion Channel gesehen hatte, weshalb *sie* Argumente hatte. Offenbar begann der Film schon mal damit, dass der junge Gérard Depardieu und noch ein Mann eine völlig verängstigte ältere Dame begrapschten. Daran konnte Hans sich gar nicht erinnern. Er hatte den Film als heiteren Schwank in Erinnerung. Vor allem natürlich wegen der jungen Isabelle Huppert, die damals noch aussah, als könnte sie durch irgendetwas in Erregung geraten. Na, und wegen Depardieu natürlich.

»Das war ja klar, dass du den magst«, hatte Niki gesagt. Sie war eigentlich erst beim Nachtisch im Café de Flore wieder aufgetaut. Profiteroles mit Vanilleeis und heißer Schokolade (15,50 Euro). Schlagsahne extra (2 Euro). Und zwei Coupes de Champagne (je 18 Euro).

Die Werbung begann. Fröhliche junge Schwarze sprangen aus einem Hubschrauber. Laute, zuversichtliche Popmusik.

»Eis«, sagte er. »Oder nee, Coca-Cola.«

»Versicherung.«

»Versicherung? Nee.«

»Doch.«

Die Paare landeten lachend. Sie nahmen die Helme ab, die Frauen zupften sich ihre Afros zurecht, alle fielen sich um den Hals. Der Name einer Versicherung wurde eingeblendet, und eine Frauenstimme sagte, dass man mit ihnen große Sprünge machen könne.

»Ich hab heute einen Ex-Freund von dir gesehen.«

Auf der Leinwand war ein geschminkter bärtiger Mann mit langen Haaren in einem sehr kurzen Rock zu sehen, den er sich noch höher schob, um rittlings auf ein Auto zu steigen.

Hans brachte seinen Mund näher an Nikis Ohr und sagte noch einmal, dass er heute einen Ex-Freund von ihr gesehen habe.

»Aha.«

»Lothar. Herzig.«

»Ja und?«

»Ich wusste gar nicht, dass ihr mal zusammen wart.«

»Was ist das?«, fragte Niki entsetzt, mit Blick auf die Leinwand. »Autowerbung?«

Hans sah kurz hin.

Der Mann hatte seinen geöffneten Mund dicht über das Autoblech gebracht und begann, das Auto zu küssen, als wäre es eine Liebhaberin oder ein Liebhaber.

»Huch«, sagte Hans.

In der nächsten Einstellung war derselbe Mann zu sehen, aber jetzt hatte er die Haare zusammengebunden und trug die Uniform einer Autovermietung.

»Sixt«, sagte Niki schnell.

»Das zählt nicht, das stand ja schon da.«

Auf der Leinwand waren jetzt Pferde zu sehen. Weiße Pferde, die einen Strand entlanggaloppierten.

»Sag mal, Hans.«

»Ja?«

»Können wir das Porträt nicht zusammen schreiben?«

»Was?« Er zeigte auf sein Ohr.

»Das Xandi-Lochner-Porträt. Können wir das nicht zusammen schreiben?«

Er knuffte ihr in die Seite.

Im Garten eines Hauses an den Dünen hängten zwei lachende Männer Wäsche an eine Leine.

»Sag doch mal.«

Meinte sie das etwa ernst?

»Waschmittel«, sagte Hans.

Wieder rannten die Pferde. Die Lichter zauberten Niki Reflexe ins Gesicht.

Er strich ihr übers Knie.

»Wann war denn das eigentlich mit Lothar?«

»Margarine.«

»Sag doch mal, wann war denn das mit Lothar?«

»Was?«

»Wann wart ihr ein Paar?«

»Naja, ein Paar ...«

Der eine Mann von der Wäscheleine winkte dem anderen mit einem weißen Stofftaschentuch. Der andere winkte zurück, sprang auf ein Pferd und galoppierte davon. Er ritt ohne Sattel. Er sah glücklich aus.

»Er sagt das.«

»Aha. Was sagt er denn noch so?«

»Er hat gefragt, ob du was mit Windisch hast.«

»Mit Windisch?«

»Ja, du hast ihm wohl gesagt, du hättest was mit einem alten Knacker in der Redaktion.«

Auf einmal war Nikis Gesicht direkt vor seinem. Die Bewegung war so überraschend, dass er erschrak. Da war nur noch ihr Gesicht. Ihre kleine Nase, ihre unglaublich langen Wimpern. Ihre Lippen berührten sich. Hans schloss die Augen. Als Musik ertönte, blinzelte er. Er hatte recht gehabt, Waschmittelwerbung. Er schloss die Augen wieder. Der Geruch war wirklich kaum zum Aushalten.

8

Mit einem wütenden Knall entrollte Henriette ihre Yogamatte auf dem Tafelparkett im Wohnzimmer.

»Also machst du jetzt mit?«, fragte sie Emma, die durch Instagram scrollend auf der Couch lag, obwohl sie die Antwort kannte.

»Wie, jetzt? Es ist doch schon neun.«

»Besser spät als nie«, sagte Henriette und fand selbst, dass sie klang wie ihre eigene Mutter.

Sie hatte noch nicht herausgefunden, was die richtige Strategie dafür war, nicht zu werden wie die eigene Mutter. Es partout nicht zu wollen, nützte schon mal nichts. Immer wieder hörte sie sich Sätze sagen wie »Erst die Arbeit, dann das Vergnügen«. Oder »Zieh dir Strümpfe an, du wirst dich verkühlen«. (Verkühlen!) Und was war es neulich noch mal gewesen? Über ein Mädchen aus Emmas Klasse. »Sie sieht apart aus.« Apart. Wer außer ihrer Mutter hatte das Wort je benutzt?

Henriette hatte mit Emma Nachrichten und gleichzeitig Instagram geguckt und dabei Avocado-Brote gegessen. Anschließend hatten sie zusammen gegoogelt, was noch mal genau an Avocados problematisch war. Henriette hatte mit ihrem bescheuerten Halbwissen über den hohen Wasserverbrauch von Avocados bei ihrer *woken* Tochter punkten wollen, und jetzt ärgerte sie sich darüber. Denn wenn Emma, wie zu befürchten stand, von nun an auch keine Avocados mehr essen würde, was blieb dann eigentlich noch, um sie satt zu bekommen?

Noch mehr Nüsse?

Seit Emma sich vegan ernährte, hatte sie schon vier Kilogramm zugenommen. Seltsamerweise schien sie das überhaupt nicht zu stören. Kein Rock war ihr kurz genug, aus Jeans mussten unten die Taschen heraushängen, sie trug sogar bauchfrei. War am Ende dies der größte Fortschritt der Menschheit – dass Mädchen das gestörte Verhältnis zum eigenen Körper überwunden hatten? Dass weiblicher Selbsthass endlich aus der Welt verschwand? Henriette wollte sich für ihre Tochter darüber freuen, aber die Wahrheit war auch, dass sie Emma zu mollig fand. Naja, wenigstens hatte sie es bisher geschafft, nichts zu sagen.

Manchmal, ganz selten, machte Emma noch mit ihr Yoga. Als kleines Mädchen hatte sie begeistert mitgeturnt, war ihr, wenn sie im herabschauenden Hund stand, zwischen den Beinen durchgekrabbelt und hatte ein sehr niedliches knapp ein Meter langes Brett abgegeben. Hans verließ jedes Mal, wenn Henriette mit ihrer Matte kam, fluchtartig den Raum. Er behauptete, er bekomme bei Yoga schon vom Zuschauen einen Bandscheibenvorfall. Henriette hatte aufgegeben, ihn bekehren zu wollen. Er war ohnehin nicht so der gelenkige Typ. Um mit den Händen den Boden berühren zu können, musste er sich hinlegen. Nicht jeder brauche Sport, sagte er, sein Vater habe zum Beispiel auch nie Sport gemacht und sei gut durchs Leben gekommen. Und dann sagte Henriette, dass Yoga kein Sport sei. Und er darauf: »Lothar Herzig.«

»Ich hab dir deine Matte hingelegt«, sagte Henriette.

Emma reagierte nicht.

Henriette schloss die Augen und atmete genervt ein. Sie stand vorne auf der Matte, die Hände wie zum Gebet ans Brustbein gelegt, und versuchte, sich auf ihren Atem zu konzentrieren. Aber heimlich blinzelte sie dauernd, um ihre Tochter anzusehen. Wer war dieses Wesen, dessen Hinterkopf grün über die Sofalehne hinausragte? Wie genau lautete der Vorwurf, den sie ihr machte? Würde das jetzt so bleiben, würde sie die nächsten Jahre den Blick ihrer Tochter aushalten müssen, der sie schon beim Frühstück kritisch musterte? Wann hatte sie aufgehört, ihre Vertraute zu sein, und warum?

Irgendwann, Henriette befand sich gerade in der Brücke und sah es auf dem Kopf, stand Emma vom Sofa auf und ging aus dem Zimmer. Henriette konnte sich danach nur noch schwer auf ihren Online-Yogakurs konzentrieren, den ein erholt aussehender, extrem fitter Yogalehrer irgendwo im Süden unter freiem Himmel gab. Ihr Laptop stand auf einem Pierre-Jeanneret-Chandigarh-Stuhl, dahinter war ein deckenhohes Bücherregal, das Ganze wurde beleuchtet von mehreren Lampen, wie sich das für ideales Lichtdesign gehört, draußen vor dem Fenster war stockfinsterer Berliner Abend, und der winzige Mann vor ihr auf dem Bildschirm stand halb nackt vor einer glitzernden Mittelmeerkulisse. Warum eigentlich? Warum glaubten Online-Yoga-Lehrer, dass man sich für ihre schöne Kulisse für sie freuen würde? Wäre es nicht viel netter – und auch umweltbewusster –, sie würden ihre Kamera in ihrer Wohnung aufstellen? Ihr fiel der Name für ein Parfüm wieder ein, das Hans mal erfunden hatte *Om de Toilette*. Er hatte gemeint, sie solle sich einen Parfümeur suchen und es einfach auf den Markt bringen. Sie fragte sich, was Emma machte, und diese Frage wurde immer drängender, und nach weiteren drei Minuten, in denen sie halbherzig irgendwelche Rückbeugen gemacht hatte, drückte sie den fitten Lehrer auf Pause und ging in die Küche, wo sie so tat, als wollte sie sich ein Glas Wasser holen, während sie in Wahrheit Indizien sammelte. Sie war einem ungelösten Fall auf der Spur: Wer war Emma?

Die saß am Kopfende des langen Esstischs und guckte sich auf dem Familien-Laptop ein Schmink-Tutorial an. Henriette trat, das Glas Wasser in der Hand, hinter sie und sah ihr über die Schulter. Das schien Emma nicht zu stören. Ein gutes Zeichen. Es hatte auch schon Annäherungsversuche ihrerseits gegeben, die ihre Tochter durch sofortiges Zuklappen des Computers unterbunden hatte. Oder sie war aufgestanden und mit dem Computer in ihr Zimmer verschwunden.

Henriette behielt für sich, dass es bestimmt interessantere Sachen gab, mit denen das Gehirn eines jungen Mädchens gefüttert werden könnte, als Make-up-Tipps. Und außerdem, hätte es in ihrer Jugend schon Schmink-Tutorials gegeben, hätte sie sich die bestimmt auch angeguckt.

»Die ist ganz lustig«, sagte Emma irgendwann und zeigte auf die Frau auf dem Bildschirm, die vormachte, wie man sich nicht schminken soll. Die Frau, die aussah wie eine stinknormale dunkelhaarige Frau um die 30, hatte ihr Gesicht thematisch in zwei Hälften unterteilt, wie Emma erklärte. Vom Zuschauer aus gesehen rechts würde sie zeigen, welche groben Fehler man beim Auftragen von Make-up machen konnte, links trug sie die Produkte dann korrekt auf. Während Emma die Frau ansah, sah Henriette Emma an. Ihren runden Hinterkopf, um dessen Form sie solche Ängste ausgestanden hatte. Als Baby hatte Emma ihren Kopf immer zur selben, linken Seite gedreht. Eines Abends – Henriette wusste noch, dass es abends gewesen war, weil die Kinderarztpraxen geschlossen hatten – war ihr das plötzlich aufgefallen. Sie hatte panisch die Nacht durchgegoogelt, und als sie und Hans am nächsten Morgen mit Emma beim Arzt waren, hatte sie mit diesem bereits fachkundig über das Für und Wider von Lagerungskissen diskutieren können.

Heute hatte Emma einen wunderschön geformten Hinterkopf, der, wenn sie die Haare zu einem hohen Knoten zusammensteckte (*bun*, sagte Emma), wie an diesem Abend, besonders gut zur Geltung kam. Dass die Haare grün waren, ach, nun ja, irgendwie fand Henriette das süß. Wann sollte man denn sonst grüne Haare haben, wenn nicht mit dreizehn. Hinten am Hals hatte sie noch ihren weißblonden Babyflaum. Ob sie es wagen konnte, ihre Tochter zu berühren? Sie sanft hinten am Hals zu kraulen, ihr wenigstens einmal über die weichen grünen Mädchenhaare zu streichen. Plötzlich drehte sich Emma zu ihr um: »Jetzt, Mama. Primer.« Henriette setzte sich schnell auf den Stuhl neben ihr. Emma rückte den Bildschirm so zurecht, dass sie beide gut sehen konnten. Einen solchen Moment der Eintracht hatten sie lange nicht gehabt.

»Der erste Fehler, den man machen kann«, sagte die Frau, die noch ungeschminkt war und irgendwie neu aussah, als wäre sie gerade erst aufgewacht, »ist es, nicht zu primen. Es ist auch der schlimmste Fehler. Nicht zu primen ist ein Verbrechen.« Sie sprach ungehalten, wie zu einem sehr, sehr dummen Publikum. »Ich werde auf meiner linken Seite, von euch aus rechts, jetzt *keinen* Primer verwenden. Denn so verhalten sich ja einige von euch. Ihr primet nicht. Nicht gut, gar nicht gut, überhaupt nicht gut. Seht ihr?«

»Siehst du, Mama.«

Henriette hatte noch nie Primer verwendet. Offenbar hatte sie sich bisher vollkommen verkehrt geschminkt. Primer war dazu da, so etwas Störendes wie sichtbare Poren oder, Gott bewahre, hauchfeine Linien (Fältchen) zu verbergen, damit sich die anschließend darauf zu verteilende Grundierung nicht auch noch damit herumplagen musste, sondern sich einzig und allein darauf konzentrieren konnte, eine gleichmäßige Farbe auf das Gesicht zu zaubern, dessen natürliche Beschaffenheit, darum ging es, unbedingt zu überdecken war. Zusätzlich schirmte Primer die Haut vor sonnenbedingten Schäden ab. Es war im Grunde unverantwortlich, ein Leben ohne Primer in Betracht zu ziehen. Primer war das A und das O des überhaupt Aus-dem-Haus-Gehens. Wer keinen Primer benutzte, konnte sich das mit dem Schminken eigentlich gleich ganz sparen. Ohne Primer war Make-up nur armseliger Achtzigerjahre-Partykeller. Mit Primer dagegen warst auch du eine Kardashian.

Das erste Mal, dass Henriette von der existenziellen Bedeutung dieses Produkts erfahren hatte, war erst vor wenigen Monaten gewesen, als Emma und ihre Freundin Ophelia im Alexa beim Klauen erwischt wurden, was Hans nur insofern interessiert hatte, als es ihm Gelegenheit bot, endlich mal wieder sein Wissen anzubringen, dass sich an dieser

Stelle früher das Polizeipräsidium Berlin Alexanderplatz befunden hatte, die sogenannte Rote Burg, Hauptquartier der Gestapo. Er hatte den abgrundtief hässlichen backsteinroten Neubau, der sich jetzt an diesem historisch aufgeladenen Ort befand und eine Mall beherbergte, in mehreren Artikeln beschimpft. Er sehe aus wie ein im Keller nach Auszug der Kinder trostlos eingestaubter Playmobil-Bahnhof, hatte er geschrieben, eine Mischung aus Mittelalter und Sowjetunion. Wie das, was dabei herauskommt, wenn Investoren nachts betrunken mit Bierdeckeln spielen. Hatte alles nichts genutzt, das Ding war gebaut worden, und jetzt war ihre Tochter an diesem unglückseligen Ort dabei erwischt worden, wie sie oder eher ihre Freundin oder beide, wie die Mädchen beteuerten, einen Primer im Wert von 32,99 Euro geklaut hatten.

»Aber wozu braucht ihr denn Primer?«, hatte Henriette sie am Abend jenes Tages gefragt. »Ihr seid zwei entzückende Mädchen mit makelloser wunderschöner perfekter Mädchenhaut. Ihr dürft euch vom Kapitalismus nicht Produkte einreden lassen, die kein Mensch braucht.« Da lag Emma schon im Bett, die Augen ganz rot geweint. Sie war völlig verzweifelt von ihrer missglückten Diebestour nach Hause gekommen. Henriette war schon informiert gewesen. Der Ladendetektiv hatte bei ihnen auf dem Festnetz angerufen, um sie über das Vergehen ihrer noch nicht strafmündigen Tochter aufzuklären, die da gerade neben ihm saß. Henriette fand, das war Strafe genug. Es kam noch ein einjähriges Hausverbot in allen Filialen dieser Parfümerie-Kette hinzu, wie auch immer die das kontrollieren wollten. Also hielt Henriette sich mit weiteren Erziehungsmaßnahmen zurück und verlegte sich aufs Trösten. Nur eine Sache verstand sie nicht. »Wozu Primer?«

Die Frau auf dem Bildschirm trug auf ihrer guten Seite Primer auf. Sie wirkte auf einmal völlig mit sich im Reinen, als hätte sie vergessen, wie töricht ihr Publikum war. Anschließend setzte sie zu einem Vortrag darüber an, dass man seinen Make-up-Schwamm, den sie Blender nannte, natürlich niemals trocken benutzen dürfe. Sie lachte. Ein leises höhnisches Geräusch, weil ihr wohl gerade die Erinnerung an eine besonders dumme Person gekommen war, die ihren Blender trocken benutzt hatte. Ihrer war angefeuchtet, um das Produkt sparsamer verwenden zu können und blablabla immer so weiter. Sogar Teil zwei sahen sich Emma und sie noch an, in dem es um die Wirkung ging, die sich mit Farbe erzielen ließ.

Gegen 22 Uhr war Emma müde und ging ins Bett. Henriette wartete, bis aus ihrem Zimmer kein Geräusch mehr drang.

Endlich.

Sie klappte den Familien-Laptop wieder auf und suchte nach einer Datei, der sie mal einen extra langweiligen Titel gegeben hatte, um sicherzustellen, dass niemand außer ihr sie je öffnen würde, insbesondere nicht Hans, vor dem es ihr peinlich gewesen wäre. Wie hieß sie noch mal? Ach ja, hier: »Achtsamkeit – Grundlagen und Theorie«. Es waren Fragmente neuer Gedichte.

Willkommen zurück, begrüßte sie das Word-Dokument. Zuletzt war die Seite vor vier Jahren geöffnet gewesen.

»Willkommen zurück«, dachte sie. Was für ein schöner Titel.

Ein helles Motorengeräusch riss sie Stunden später aus ihrer Konzentration. Seit Neuestem fuhr Hans einen peinlichen gelben kleinen Sportflitzer, der klang wie ein hochgepitchter Schredder. Sie schloss das Dokument, klappte den Computer zu und beeilte sich, ins Bett zu kommen. Als Hans wenig später die Schlafzimmertür öffnete, tat sie, als hätte er sie geweckt.

9

Auf der Straße des 17. Juni herrschte dichter Berufsverkehr. Sie waren schon fast eine halbe Stunde unterwegs, und Emma hatte noch kein Wort gesagt. Dabei hatte Hans extra nicht gefrühstückt, um ja keinen Fehler zu machen. Ihr Gymnasium war in der Nähe seiner Redaktion, deshalb ließ sie sich manchmal von ihm fahren, aber es war unmissverständlich ein Gefallen, den sie ihm tat.

Es war ein grauer Morgen. Die Sorte Grau, die es nur in Berlin gab, jetzt mal abgesehen von Warschau. Kein strahlendes Dior-Grau wie in Paris, das jedem Tag Glanz verlieh. Auch kein Londoner Grau, das einem freundlich unter dem Regen hindurch zuzwinkerte. Und schon gar kein New Yorker Grau, das sowieso immer nur ein kurzes Zwischenspiel war.

Das Berliner Grau lag dicht über der Erdoberfläche. Es kam kein Licht hinein. Es gab kein Licht ab. Es schluckte Licht. Wenn Depression eine Farbe war, dann Berliner Grau.

Hans schaltete durchs Radioangebot.

»... na, aber über 24 Grad im Oktober werd ick mich ja wohl

nicht beschweren.« – »Nee, Marcel, dit will ich dir ooch nicht geraten haben. Was ihr draußen an den Lauschern nicht sehen könnt: Marcel ist heute mit Sandalen im Studio, also ich muss echt sagen, der Mann hat Nerven ...«

Wenn Depression ein Tonfall war, dann der notorisch gut gelaunte der Berliner Radiosprecher, dachte Hans und stellte das Radio aus. War das vielleicht schon eine Glosse? Wenn Depression ein Laden war, dann die »Freundliche Bäckerei« in Moabit, die sich an einer Ampel befand, die immer rot war. *Freundliche Bäckerei.* Das war ihr Name. Stand so groß auf dem Schild. In welcher anderen Stadt auf der Welt könnte eine Bäckerei annehmen, mit der Selbstverständlichkeit punkten zu können, freundlich zu sein? Ebenso gut könnte sie ... ein BMW drängelte vor, Hans hupte, und Emma machte ein genervtes Geräusch und drehte sich noch weiter von ihm weg. Jetzt sah er nicht mal mehr ihre Nasenspitze aus ihrer Kapuze hervorragen. Freundliche Bäckerei. Ebenso gut könnten sie sich *Bäckerei, in der man Gebackenes kaufen kann*, nennen. Oder *Bäckerei mit Tür zum Rein- und Rausgehen*. Oder: *Bäckerei*.

»Emmi, vielleicht kannst du mir helfen. Ich überlege gerade Berliner Sachen, die wie eine Depression sind. Also: wenn Depression irgendwas Berlinerisches wäre, was wäre das dann ...?«

»Verkehr«, sagte Emma.

Neben ihrem Verzicht auf Fleisch war ihr Hass auf Autos in der Stadt die zweite Triebfeder ihrer Entfremdung von ihm. Zusammen mit zwei Mitschülern wollte sie eine App entwickeln, die ausrechnete, wie viel Platz einer Straße Autos einnahmen. Ihr zufolge waren es in der Straße, in der sie wohnten, 76 Prozent. Es war ein Projekt für einen Erfindungswettbewerb ihrer Schule, bisher war es allerdings nur eine Idee.

Von da, wo sie standen, konnten sie die nächsten drei Ampeln sehen. Es würde noch eine Ewigkeit dauern, bis sie am Brandenburger Tor wären, wo sie abbiegen und sich dann durch kleine Straßen kämpfen mussten, in denen seit der Wiedervereinigung gebaut wurde. Eigentlich war es wirklich nicht praktisch, mit dem Auto zur Arbeit zu fahren. Eigentlich – ein großes Wort.

»Stellst du mal bitte DaBronx FM ein?«, sagte Hans und reichte Emma sein Handy.

Die machte das stimmlose internationale Teenagergeräusch für Muss-das-sein, nahm aber das Handy entgegen, widerwillig und gehorsam.

»Das ist 'ne App«, sagte Hans.

»Ja, weiß ich«, sagte Emma und machte sein Handy an. »Immer noch Null Null Sieben Null Null Sieben?«

Hans nickte. Endlich fuhr der Wagen vor ihnen los, und sie kamen gut drei Meter weiter. Er freute sich schon auf die Musik. DaBronx FM war ein Radiosender mit Sitz in Montreal, seltsamerweise, der nur amerikanischen

Hip-Hop spielte. Hans liebte es, ihn zusammen mit Emma zu hören. Normalerweise hörte sie Popsachen, die für ihn alle klangen wie von Siri oder sonst einem Computer komponiert – mit elektronisch modulierten Stimmen, für die man seiner Meinung nach eigentlich keine Sänger brauchte. Das ließe sich doch auch ohne Mensch programmieren, vermutlich besser. Ansonsten mochte Emma Bob Dylan, was sie von ihrer Mutter hatte. Bob Dylan. Er konnte diese alte Quetschkommodenstimme nicht aushalten. Musik sollte einen doch nach vorne bringen, anstatt aufs Sofa. *Aber die Texte!* Aber die Musik.

»Gefunden?«

»Das?«, fragte Emma.

Hans drehte die Lautstärke auf. Ein hüpfender Bass, ein fett arrangiertes Bläsersolo.

»Wow«, sagte er und biss sich auf die Unterlippe.

Seine Tochter sah ihn leicht befremdet an, wie er mit den Schultern zu zucken begann, als wäre in Wahrheit er Janet Jackson.

»Sagt dir Level 42 etwas?«

Sie warf ihm einen genervten Teenagerblick zu.

»Ach ja, stimmt. Aber weißt du denn auch noch, wie der Bassist ...?«

»Mark King«, sagte Emma.

Hans strahlte sie an.

»Papa?«

»Ja, mein Schatz?«

»Du hast neulich irgendwas über Gauguin geschrieben, meinte Frau Heidenbrink, unsere Kunstlehrerin.«

»Ja, ich habe über die große Retrospektive in der Tate geschrieben, weißt du, als ich neulich in London war.«

»Wusstest du nicht, dass Gauguin ein Pädophiler war?«

»Ja, also naja, wie kommst du denn jetzt darauf?«

»Wir haben im Unterricht Gauguin durchgenommen, und das war eigentlich das Hauptthema.«

»Nicht seine Kunst?«

»Eines seiner Modelle, Tehamana, war erst dreizehn, als er sie in Tahiti am Strand getroffen hat. Er hat sie geheiratet. Am selben Tag. Also da kannten die sich erst ein paar Stunden.«

»Sie waren dann aber auch sehr lange verheiratet, also man kann da schon von Liebe sprechen, meine ich.«

»Wenn ein dreiundvierzigjähriger Mann eine Dreizehnjährige am Strand aufgabelt?«

Keines der Argumente, die ihm zur Verteidigung seines hymnischen Gauguin-Artikels einfielen, in dem er den Maler ein Genie (der Naivität) genannt hatte und einen Mann, der Europas Vorstellung von Farben um die der Exotik erweitert habe, hielt der Tatsache stand, dass neben ihm seine dreizehnjährige Tochter saß. Und wenn er sich vorstellte, was er gerade mit allen Kräften nicht zu tun versuchte, dass ein Dreiundvierzigjähriger … und wäre er noch so ein begnadeter Künstler …

»Weißt du was, Emma, du hast recht«, sagte er schließlich. »Es ist gut, dass du mich darauf hinweist. Aber es ist immer so eine Sache, ob man die Kunst auch für sich betrachten kann, also losgelöst von ihrem Erschaffer. Wenn man sich dagegen entscheidet, bleiben nur wenige Filme, nur wenige Bücher. Und man kann nicht jedes Mal ein polizeiliches Führungszeugnis anfordern, bevor man ein Museum betritt oder einen Roman aufschlägt. Und weißt du, von vielen weiß man ja auch gar nicht, wie sie im ...«

»Sie war dreizehn, Papa.«

Sie waren inzwischen bis fast an die S-Bahn-Überführung bei der Haltestelle Bellevue herangekommen. Normalerweise konnte man von hier hinter der Siegessäule den Fernsehturm sehen, aber dafür war es heute zu diesig. Hans musste an die Überschrift denken, die Windisch über seinen Gauguin-Text geschrieben hatte. »Bacardi-Feeling«. Auf DaBronx FM erklangen die ersten Takte eines Songs der Jackson Five. Hans schaltete schnell aus.

»Papa, das dauert zu lange, ich nehm die S-Bahn«, sagte Emma, griff sich ihren Jutebeutel und war schon ausgestiegen. Er sah ihr nach, wie sie in ihrem übergroßen schwarzen Kapuzenpulli um die im Stau stehenden Autos herumlief und im Eingang zur S-Bahn verschwand, ohne sich noch mal nach ihm umzudrehen.

10

Hinter den Kulissen lief im Auktionshaus Lüppertz alles über Beziehungen. Die Belegschaft bestand hauptsächlich aus höheren Töchtern, deren Eltern mit dem Besitzer, Hajo Lüppertz, befreundet waren, sei es noch aus seiner Zeit als Galerist in Köln, sei es aus Berlin, wo er 1999 sein Auktionshaus gegründet hatte. In Henriettes Fall war der Kontakt über Hans gelaufen, der mit Lüppertz befreundet war. Wobei befreundet hier meinte, dass man sich kannte und schätzte und beruflich gegenseitig von Nutzen war.

So kam es, dass Henriette einige Jahre bei Lüppertz gearbeitet hatte, dem zweitgrößten Auktionshaus der Stadt, das sich aber für das wichtigste hielt. Eigentlich war sie für den Job, den sie dort gemacht hatte, zu alt. Ihre Kolleginnen kamen frisch vom Kunstgeschichtsstudium an der Sorbonne oder vom Creative Writing Kurs in Maine und probierten sich bei Lüppertz in ihrer ersten bezahlten Tätigkeit aus, die hauptsächlich darin bestand, Ideen vorzutragen, sich ins Team einzugliedern und, wenn alles gut lief, auch mal als Auktionatorin in Erscheinung zu treten, das heißt, wie auf dem Wochenmarkt die Vorzüge eines Käsehoblers zu lobpreisen, nur halt mit Kunst.

Die Auktionen hatte Henriette gerne ihren Kolleginnen überlassen. Es wäre ihr peinlich gewesen, Freunde von ihnen im Publikum sitzen zu sehen, während sie mit weißen Handschuhen auf ein Gemälde deutete, das am Ende noch jemand gemalt hatte, den sie gut kannten, und dabei, auf Englisch, für das gegenwärtig noch imaginierte internationale Publikum Sätze zu sagen wie etwa: »The artist is famous for his sparse use of colours.« Oder »In the background you see a beautiful landscape bringing the great Renaissance painters to mind.« Oder: »What Marcel Duchamp did for the toilet, this young artist could do for mountain bikes.« Wobei Letzteres ein Witz ihres Mannes war, über den sie mal einen ganzen Abend in irgendwelchen Ferien auf Sizilien durchgelacht hatten.

»If you like misery, you will fall head over heels for this new young artist from ...«

An diesem Abend war Henriette jedoch nicht als ehemalige Mitarbeiterin hier, sondern als Frau Benedek, Begleitung ihres Mannes. Veranstaltet wurde eine Benefiz-Auktion zugunsten einer Organisation, die sich um die Belange von Geflüchteten kümmerte. Befreundete Künstler des Hauses hatten Werke gespendet, und der aktuell bei Lüppertz arbeitende Töchtertross sollte sie höchstbietend an kunstsinnige Wohltäter bringen. Die Stimmung war festlich, viele Frauen trugen ähnliche lange Blumenkleider, die Männer sahen mehr nach München aus als nach Berlin. Es war ein warmer Abend, in den Beeten blühten Rosen, das Gebäude war von Scheinwerfern angeleuchtet wie eine Sehenswürdigkeit. Sogar Quirin von »Wer mit wem« war da. Es war also offenbar ein *Event*. Er stand auf den Stufen, die zum Eingang führten, sein übliches ironisches Lächeln auf den Lippen, während er nach *wichtigen* Leuten Ausschau hielt (die es ja seiner Meinung nach gar nicht gab, jedenfalls nicht in Berlin). Kaum sah er Hans, hatte er schon die Kamera vorm Gesicht. Hans legte seinen Arm um Henriette und sah lange regungslos in die Linse. Frontal.

Henriette trug ein schwarzes Kleid, das sie völlig vergessen hatte, bis es ihr kürzlich beim Kleiderschrankausmisten wieder in die Hände gefallen war. Ihr Kurzhaarschnitt vom Frühjahr war einigermaßen herausgewachsen, jetzt war es unübersehbar eine Übergangsfrisur. Nicht mehr kurz, noch nicht lang. Sie hatte versucht, den Spitzen mit Haarwachs eine Idee von Absicht zu verleihen, was ihr ausnahmsweise gelungen war. Und sie hatte sich die Lippen knallrot angemalt, was sie so gut wie nie tat – auch weil Hans es hasste –, aber es stand ihr einfach wahnsinnig gut. Außerdem fühlte es sich wie eine Kostümierung an. Und sie war ja nicht privat hier.

Wenn sie sich mit ihrem Mann zusammen in diesen Kreisen bewegte, kam sie repräsentativen Pflichten nach. Sie war dann *Frau Benedek*. Sie war darin besser geworden. Früher hatte sie sich von solchen Anlässen zu viel erhofft und war dann enttäuscht gewesen, inzwischen hatte sie keine Erwartung mehr. Die Leute stürzten sich sowieso auf Hans, sie hatte einfach nur adrett und geduldig danebenzustehen. Sie tat es für ihn. Es stand ihm gut, sich ab und zu mit ihr sehen zu lassen, fand sie. Es machte ihn seriöser. Sie gaben ein gutes Paar ab.

»Hans, lange nicht gesehen, wie schön. Oh, heute mit Gattin.«

»Herr Benedek, wie schade, dass Sie nicht auf unserer Vernissage waren, vielleicht schaffen Sie es noch im Laufe der Woche in die Ausstellung?«

»Hans Benedek, soso. Hat Sie erreicht, dass ich Ihren Verriss, wenn auch nicht verstanden, so doch, sagen wir, verschmerzt habe?«

Hans schien sich vor einem solchen Abend keine Gedanken zu machen. Er ging einfach als Hans Benedek, blaues Hemd, dunkle Hose, keine Strümpfe. Haare egal, alles egal. Er war er, das würde schon reichen. Was nicht bedeutete, dass er sich von seiner Frau nichts sagen ließ. »Hans, du musst dich nicht auf Zehenspitzen stellen, wenn Leute ein Foto mit dir machen«, flüsterte sie ihm schon mal zu. Oder dass er aufhören solle, sich die Haare nach vorne zu streichen, sonst sei hinten nichts mehr. Und dass er ruhig mal »Hallo« sagen könne zu der Frau, die ihm die ganze Zeit winke, das sei schließlich Emmas Klavierlehrerin.

Interessanterweise hätte Hans Henriette am liebsten auf überhaupt jede Veranstaltung mitgeschleppt. Ohne sie sei es doch überhaupt nicht auszuhalten, behauptete er immer, und stellte sie dann auch wirklich jedem Menschen vor, der auch nur andeutungsweise in ihre Richtung sah. »Meine Frau«, sagte er immer ganz stolz, als könnte er selbst kaum glauben, dass es tatsächlich wahr war, er *wirklich* verheiratet war.

Die Versteigerung lief schon, als sie kamen. Sie gingen gar nicht in den Saal, sondern blieben im Eingangsbereich stehen, wo sie den Auktionskatalog schnell durchblätterten. Das Übliche. Bisschen Baselitz, bisschen Trockel, selbstverständlich war auch wieder Norbert-Bisky-Kitsch dabei. Lange konnten sie nicht darüber lästern, denn es gab ständig jemanden zu begrüßen. Hallo hier, hallo dort. Lange nicht gesehen, neulich erst gesehen, sehen uns später. Weil Henriette hier gearbeitet hatte, war dies eine der seltenen Veranstaltungen, bei denen sie fast genauso viele Leute kannte wie Hans.

Irgendwann ertönte drinnen Applaus, die Türen öffneten sich, und erschöpft aussehende Menschen strömten Getränke suchend hinaus. Die Auktion war wohl ein Erfolg gewesen, die Kombination aus Kunst und Wohltat wie immer unschlagbar. Auch Hajo, also Herr Lüppertz, kam an ihnen vorbei. Er war immer gekleidet wie ein englischer Landadliger, an diesem Abend trug er einen olivgrünen Cordanzug und Hut. »Verehrteste«, begrüßte er Henriette mit Handkuss, und während er Hans zu dessen Rezension einer Andy-Warhol-Ausstellung gratulierte, dirigierte er mit seinem Blick die Männer vom Catering zu wichtigen Gästen, die noch kein Glas in der Hand hatten. Henriette mochte ihn.

Mehrere Leute fragten Hans, was sein Buchprojekt mache, sie wollten es endlich lesen. Er lachte zu laut, bevor er das Thema so unmerklich wechselte, als hätte er einfach im Auto einen anderen Gang eingelegt. Er konnte das gut. Einmal nicht aufgepasst, und schon sprach man mit ihm über etwas anderes.

»Welches Buchprojekt«, fragte Henriette, als kurz niemand zuhörte, »das über Caravaggio?«

Auf einmal ertönte eine Männerstimme. *Chaka Khan. Chaka Khan. Chaka Khan. Chaka Khan* ... Ein peitschender Elektrobeat setzte ein, Hans' Gesicht leuchtete auf, und er sprach im Rhythmus mit, aber ohne die Worte zu kennen. »Nanana na na na na na nana nana na na – Chaka – nana na na nanananananana na na ... you ...« Er schloss die Augen, winkelte ein Bein an und verfiel in sonderbar zuckende Bewegungen. Ruckartig bewegte sich seine Hüfte vor und zurück, und er tat so, als ob er sich mit dem Zeigefinger einen Hut aus der Stirn schöbe. Als nach zwei satten Synthesizer-Akkorden die Mundharmonika mit einer klagenden Melodie einsetzte, ließ er beide Zeigefinger tanzen. Sein Gesicht nahm einen träumerischen Ausdruck an, als er laut den Refrain mitsang.

Henriette wandte sich ab. Sie schnappte sich ein Glas Weißwein, um sich damit, wie man so sagt, unter die Leute zu mischen, aber alle standen in Gruppen zusammen, und ohne Hans interessierte sich niemand für sie. Da war Lisa, eine ehemalige Galeristin, die vor gut zwei Jahren ihre Galerie geschlossen und einen mobilen Paketannahmedienst gegründet hatte, womit sie wahnsinnig erfolgreich war und von vielen beneidet wurde. Sie hatte alles richtig gemacht, hieß es einstimmig über sie. Ihr selbst schien der Karrierewechsel allerdings einen Minderwertigkeitskomplex eingebracht zu haben, den sie damit zu kompensieren versuchte, dass sie dauernd erzählte, wie wahnsinnig locker und wild sie doch war. »Sehe ich schlimm müde aus?«, war ein typischer Gesprächsauftakt, um dann zu behaupten, sie sei die ganze Nacht aus gewesen und habe gar nicht geschlafen. Oft wurden Ayahuasca-Sessions erwähnt. Selbst ihre Kinder mussten dafür herhalten, dass sie nicht so spießig rüberkam, wie sie sich offenbar fühlte. Sie könne nicht abwarten, dass ihre beiden Söhne endlich aus dem Haus seien, sagte sie etwa, die seien ja jetzt in der Pubertät und das rieche man auch. Dann lachte sie wie ein Maschinengewehr. Henriette machte einen weiten Bogen um sie.

Ein Grüppchen weiter stand eine andere Person, die

Henriette nicht mochte. Sie mochte sie so sehr nicht, dass sie ihren Namen verdrängt hatte. Egal. Sie war Schauspielerin, kein geschützter Begriff, kannte Hans aus irgendwelchen länger zurückliegenden Gründen und hatte es einmal fertiggebracht, in einem einzigen, freundlich dahingesagten Satz an Henriette gleich mehrere Unverschämtheiten unterzubringen. Wie ging er noch mal? Ah ja: »Dein Mann meinte gerade zu mir, du hast aber schönen Lidschatten, dabei schminke ich mich nie.« Irgendwie respektierte Henriette sie dafür. Das musste man schließlich erst mal hinkriegen.

Die Schauspielerin hatte einen Drink mit frischer Minze in der Hand, vermutlich Mojito. Ausgezeichnete Idee, wo hatte sie den her? Henriette fragte einen der jungen Männer vom Catering, der gerade mit einem Tablett leerer Gläser an ihr vorbeikam. Gebe es nicht, nur Wein, sagte der. Die Schauspielerin musste mit ihrem eigenen Getränk zur Party gekommen sein. Wahnsinn, an was manche Leute alles dachten.

Im Vorbeigehen grüßte Henriette einen Mann mit Brille zurück, den sie schon oft irgendwo gesehen hatte. Bestimmt ein Kollege von Hans. Wer sonst trug mit Mitte vierzig weiße Turnschuhe zum Anzug?

Schade, dass sie kein guter Mensch war, dachte sie, als sie die Steintreppe in den ersten Stock hinaufging. Sie hatte inzwischen die Hoffnung aufgegeben, dass Yoga ihr diesbezüglich weiterhelfen würde. Ohnehin waren Yogalehrerinnen die Neurotischsten von allen. In dem Studio, in dem sie unterrichtete, gab es allen Ernstes eine Kollegin, die einen Raum, in dem sich eine ungerade Anzahl von Personen befand, nicht betrat. Einmal im Monat gab sie in einem Luxushotel an der Ostsee ein Empathie-Seminar.

Es war eine sehr gute Treppe, wie Henriette nicht umhinkonnte zu bemerken. Ihre Stufen waren nicht zu hoch oder kurz, sondern man glitt sie beinahe hinauf, nahm kaum wahr, dass man die Beine anheben musste, so perfekt waren die Proportionen dem menschlichen Bewegungsapparat angepasst. Es war Hans' neueste Lieblingstheorie, dass die wahre Qualität eines Architekten an seinen Treppenstufen zu erkennen sei. Er hatte kürzlich darüber einen langen Artikel geschrieben, war zur Recherche nach Rom und Paris gereist. (»Wohlan denn, Herz« war die Überschrift gewesen, ihre Idee, in Anspielung an Hesses berühmtes Gedicht »Stufen«.)

Oben standen mehrere dieser Männer zusammen, deren Codes Henriette nicht verstand und die man seit ein paar Jahren bei jeder Kunstveranstaltung sah. Sie tauchten immer in Gruppen auf und trugen schwarze Mäntel, die bodenlang gewesen wären, hätten ihre Schuhe nicht so dicke Plateausohlen gehabt. Ähnliche Schuhe hatten früher Raver getragen, aber danach sahen diese Männer nicht aus. Ihre Frisuren mochten ironisch gemeint sein, hier trug einer von ihnen eine Art Tonsur. Irgendwie erinnerten sie

Henriette an diese lächerlichen Malerfürsten von früher, als Düsseldorf noch interessant gewesen war. Aber ihr Gesichtsausdruck war anders: nicht finster oder blasiert, sondern einfach nur leer.

Bei ihnen stand ein Profifußballer, der angeblich mal fast bei Paris Saint-Germain gespielt hätte, aber bei Hertha gelandet war. Die Kunstszene schmiss sich vor ihm in den Staub, weil er irgendwann mal irgendwo ein teures Gemälde gekauft hatte und man seit Jahren jeden Augenblick damit rechnete, er würde es wieder tun. Hinter ihnen machten zwei Mädchen Selfies vor einer gerahmten Fotografie von Jürgen Teller, auf der dieser nackt kopfüber über einem Pferd hing. Daneben aschte eine Frau gerade in eine hüfthohe Tonvase von Grayson Perry. Henriette war versucht, etwas zu sagen, ließ es aber, sie arbeitete schließlich nicht mehr hier.

Unten schien auf einmal etwas los zu sein. Alle wurden unruhig, die Männer in den schwarzen Mänteln sahen über die Brüstung und schienen sich über irgendetwas, das sich im Erdgeschoss abspielte, zu amüsieren. Spielerisch tat einer so, als gösse er einem anderen den Inhalt seines Getränks ins Gesicht. Sogar der Fußballer lachte jetzt, und Henriette sah zum ersten Mal, dass er eine Zahnlücke zwischen den oberen Schneidezähnen hatte. Wahnsinnig jung sah er auf einmal aus. Auch die Selfiemädchen beugten sich über die Brüstung und machten Fotos. Dann guckten sie auf ihre Handys und wirkten enttäuscht.

Henriette ging die sehr gute Treppe wieder nach unten, wo es jetzt dunkel war und eine Discokugel Lichtreflexe herumflirren ließ. Wo war Hans? Auf der Tanzfläche konnte sie ihn nicht entdecken. Der einzige große Mann, der sich dort aufhielt, war Johannes Lüppertz, Hajos nichtsnutziger Sohn, dessen einziges Talent Unflätigsein war. Henriette konnte ihn nicht leiden, aber niemand konnte das. Nicht einmal sein Vater.

Sie fing ein paar Blicke auf. Kam es ihr nur so vor, oder starrten die sie an? War irgendetwas mit ihren Haaren? Ihr fiel ein, dass sie die Lippen rot geschminkt hatte. Seit bestimmt zwei Stunden hatte sie in keinen Spiegel geschaut. Bestimmt sah sie unmöglich aus. Mit gesenktem Kopf lief sie die Treppe wieder nach oben, wo sich hinter einer Tapetentür, die in den Gang mit den Büros führte, die Mitarbeitertoilette befand. Angenehm ruhig war es hier. Sie sah in den Spiegel. Alles in Ordnung. Sie zog trotzdem die Lippen nach und puderte sich Stirn und Nase. Dann nahm sie ihr Handy und setzte sich aufs Klo.

Auf Instagram entdeckte sie ein Foto des Abends, auf dem sie und Hans im Hintergrund zu sehen waren. Sie sah okay aus, aber ihr armer Mann hatte wirklich ein Haarproblem. Eine Frau, die sie nicht kannte, hatte es gemacht und das Auktionshaus getaggt. »Great evening out with friends«, lautete die Bildunterschrift. Henriette fühlte den Drang, »Naja« zu kommentieren. Warum machte ihr das immer so entsetzlich schlechte Laune? Warum konnte sie sich nicht einfach am vorgespielten Glück anderer Menschen erfreuen? Oder es ignorieren. Oder sich einfach abmelden aus diesem sozialen Netzwerk, das ihr mehr und mehr Lebenszeit stahl.

Sie hatte ein privates Profil, dem dieselben rührenden Menschen folgten, die ihr auch auf Twitter folgten, nach dem Motto: Wenn du es da schon nicht gemocht hast, wirst du es auch hier nicht mögen. Also Verwandte und Menschen, deren Telefonnummer sie hatte. Sie folgte ihnen allen aus Dankbarkeit zurück, außerdem ein paar Celebrities, die durch Instagram all ihren Zauber für sie verloren hatten. Niemals würde sie für jemanden ins Kino gehen, dessen Küche, Schwiegermutter und Gartenmöbel sie kannte. Außerdem folgte sie vielen, die an diesem Abend bei Lüppertz waren, oder sah doch wenigstens täglich heimlich auf deren Profil.

Am brennendsten interessierten sie die Instagram Accounts von Bekannten, die sie nicht mochte. Warum war das so? Da war ihre ehemalige Lüppertz-Kollegin, die ständig Fotos von sich postete und darauf die Marken ihrer Kleidung taggte. Freiwillig. Sie war kein Model und bekam dafür kein Geld. Es kam Henriette vor wie Hilfeschreie einer vom Kapitalismus entführten und in einer Umkleidekabine vergessenen Kundin. Oder die Mutter eines Schulkameraden von Emma: Sie hatte entweder etwas an ihrem Gesicht machen lassen oder einen neuen Filter entdeckt. Seit Wochen postete sie fast täglich Selfies: mal auf der Straße, mal im Auto, gerne auch im Badezimmer, wo sie offensichtlich ein Ringlicht hatte. Und Tag für Tag juckte es Henriette in den Fingern, etwas darunterzuschreiben, aber die anderen hielten sich ja auch alle zurück.

Wo sie ihr Telefon schon in der Hand hatte, klickte sie auch noch auf das Profil dieses grauenhaften Kollegen ihres Mannes, der fürs Feuilleton über das schrieb, was von Popmusik übrig war. Nach jedem Interview, das er in irgendeinem klimatisierten Hotelzimmer führte, postete er ein Foto von sich neben dem jeweiligen Star. Glaubte er, irgendjemand würde sich für ihn freuen, wirklich für ihn freuen, dass er neben Snoop Doggy Dog hatte stehen dürfen, neben Adele, einmal sogar neben Beyoncé?

Diesmal stand er neben Paul McCartney, der ganz schön alt geworden war. »It's your fucking job«, wollte sie mal wieder kommentieren, »get over it!« Meine Güte, wie lächerlich sie ihn fand, einen ausgewachsenen Mann. Wenn es Geld dafür gäbe, dem Drang zu widerstehen, im Internet etwas negativ zu kommentieren, dachte Henriette auf der inzwischen gemütlich warm gesessenen Klobrille in der Mitarbeitertoilette des Auktionshauses Lüppertz, besäße sie längst mehrere mittelgroße Ferienhäuschen auf Sizilien. Sie klickte auf die Story einer Cousine, die enttäuschenderweise nur einen Regenbogen gefilmt hatte, jetzt aber sehen würde – sie hatte nur wenige Follower –, dass Henriette ihre Story gesehen hatte, sodass sie die moralische Verpflichtung spürte, diese mit einem der gängigen Jubel-Emojis zu kommentieren. Aber mit welchem? Besser die doppelt unterstrichene Hundert oder doch die applaudierenden Hände? Schließlich entschied sie sich für das Smiley mit den Herzchenaugen.

Als Nächstes entfolgte sie einer Schauspielerin, die sich nun auch angewöhnt hatte, immer drei Motive auf einmal zu posten.

Ein Anruf von Hans unterbrach Henriette bei ihrem Tun. Sie ging nicht ran. Sie würde ihn ja gleich sehen. Sie steckte ihr Handy ein und betätigte die Klospülung. Wie immer nach so einem Instagram-Streifzug fühlte sie sich schmutzig. Als hätte sie etwas sehr, sehr Schlechtes getan.

Das Licht im Gang war gedimmt. Durch die Tapetentür drangen gedämpft Stimmen und Musik. Schien noch einiges los zu sein unten. Ihr stieg ein vertrauter Geruch in die Nase. Irgendjemand rauchte hier einen Joint. Das war es, dachte Henriette. Das könnte ihren Abend noch nach vorne bringen, denn sie war an dem Punkt angelangt, wo etwas passieren musste oder man nach Hause ging. Es war einfach wahnsinnig langweilig, jahrein, jahraus auf jeder Veranstaltung dieselben Leute zu sehen, die ja auch alle nicht lustiger wurden, sondern immer festgefahrener in ihren Ansichten und Ideen von sich in der Welt. Sie hatte sich geschworen, nicht auch so zu werden. *Durchlässig* zu bleiben, wie man in Therapiezusammenhängen sagte. So war sie der ja doch recht sinnlosen Arbeit in diesem Auktionshaus entflohen. So hatte sie Yoga entdeckt. Und so hatte sie Hans bisher ausreden können, sich auch für ein Haus auf dem sogenannten Land zu interessieren, wie alle es taten, kaum hatten sie ihren vierzigsten Geburtstag hinter sich gebracht. Und da saßen sie nun freitags bis sonntags im Dehnungs-W-Umland Berlins (Crussow, Grünow, Kerkow), filmten Instagram-Storys mit Bäumen und hofften auf Besuch.

Sie folgte dem Jointgeruch bis zu Hajo Lüppertz' Büro. Die Tür war angelehnt. »Hallo«, sagte sie und klopfte leise an. Sie schob die Tür einen Spalt breit auf, der Raum war dunkel. »Hallo«, sagte sie noch mal lauter, niemand antwortete. Sie schob die Tür noch weiter auf. Die Balkontür stand offen. Sie machte das Licht an, um nicht zu wirken wie ein Dieb, und lief rasch, wie ein Dieb, durchs Zimmer auf den Balkon.

Gegen die Wand lehnte, ein Bein angewinkelt, Johannes Lüppertz. Er sah sie mit seiner üblichen zur Schau gestellten Ironie an.

»Hallo, Johannes«, sagte Henriette.

»Guten Abend, Frau Benedek«, sagte Johannes mit seiner heiseren Stimme, die so etwas wie ein Markenzeichen war. »Was verschafft mir die Ehre?«

»Um ganz ehrlich zu sein, würde ich wahnsinnig gerne mal ziehen.«

Johannes nahm selbst einen tiefen Zug. Dann hielt er ihr den Joint, von dem nicht mehr viel übrig war, hin, aber so, dass sie einen Schritt auf ihn zu machen musste. Als sie ihre Hand danach ausstreckte, zog er ihn weg.

»Und was bekomme ich dafür?«, fragte er. Er hielt den Joint mit ausgestrecktem Arm nach oben.

Sie lachte, wie man in einem Film lachen würde, wenn man die Stärkere war. »Einen Euro.«

»Einen Euro«, äffte er sie nach.

Sie erhöhte auf zwei. Es sollte witzig sein, aber natürlich ging jeder Witz nach hinten los bei einem Gegenüber, das alles in ein Machtspiel verwandelte. Dummerweise wollte sie wirklich sehr gerne an seinem Joint ziehen.

»Wo ist denn der werte Herr Gemahl?«, fragte Johannes. Er trug sein weißes Hemd einen Knopf zu weit offen, zerknitterte Anzugshose, rote Strümpfe, die Schuhe sahen teuer aus. Den Kopf schräg gelegt, rieb er sich mit der freien Hand am Hals.

»Keine Ahnung, unten irgendwo«, sagte Henriette.

Johannes hielt ihr den Joint nun wirklich hin.

»Du riechst nach Rum«, sagte sie.

Er zog den Joint wieder weg.

»Ich mag Rum«, sagte sie.

Er hielt ihr den Joint, wirklich nur noch ein Endchen, wieder hin. Sie nahm ihn schnell, bevor er es sich anders überlegen konnte, und zog fest daran. Und gleich noch mal. Ihr war sofort ein bisschen schwindlig. Als sie die

Augen öffnete, stand Johannes so dicht vor ihr, dass sie die dunkelrot sonnengegerbte Stelle im Ausschnitt seines Hemdes direkt vor Augen hatte. Sie wollte einen Schritt zurückmachen, nein, im Gegenteil, sie wollte keinen Schritt zurückmachen, sondern aufgefangen werden. Er nahm ihr den Jointrest aus der Hand und trat ihn auf dem Boden aus. Als er sie küsste, küsste sie zurück.

Sie fand Hans vor dem Haus auf dem Bürgersteig. Er hatte sein Telefon am Ohr, ließ es sinken, als er sie sah. »Wo warst du denn?«, fuhr er sie an, »ich ruf dich die ganze Zeit an.« Auf seinem Hemd waren Flecken, er wirkte aufgebracht.

»Ist was passiert?«, fragte sie.

»Ich hab dich überall gesucht, ich will gehen.«

»Hast du nasse Haare?« Als sie hineingreifen wollte, machte er schnell einen Schritt zur Seite. »Was ist denn passiert?«

»Nichts, ich will einfach nur gehen, ich bin müde.«

»Du riechst komisch. Was ist denn das, warte mal ...«

»Was? Nein. Überhaupt nicht.« Er winkte einem vorbeifahrenden Taxi, das aber nicht hielt. Sie hatte Mühe, mit ihm Schritt zu halten. »Warte mal«, sagte sie, »jetzt warte doch mal, du hast da was ... Bleib mal stehen.« Irgendwann hatte sie ihn eingeholt und schaffte es, im Laufen ein grünes Blättchen von seinem Kopf zu pflücken.

»Ist das Minze?« Sie roch daran, biss ein Eckchen ab, kaute darauf herum. »Das ist Minze. Wie kommt denn Minze auf deinen Kopf? Hans«, sagte sie, und lief ihm hinterher. »Hans, wie kommt Minze in dein Haar? Hans, jetzt sag doch mal, hat dir vielleicht jemand einen Mojito ins Gesicht gekippt? Hans, jetzt renn doch nicht so, Hans, war das vielleicht diese Schauspielerin? Ich hab ihren Namen vergessen, hilf mir doch, wie hieß sie gleich?«

11

Michael Denninger saß in seiner Garderobe und starrte auf den Berg DIN-A4-Papiere, der vor ihm auf dem Schminktisch lag. Dann sagte er »Aua«.

»Ja, wenn du dauernd den Kopf bewegst …«

Babsi stand mit einem Hitze-Lockenstab hinter ihm und bearbeitete seine Haare, die einen wunderschön warmen Braunton hatten und etwas dunkler waren als in seinen Anfangszeiten als Moderator beim Lokalsender damals in Rosenheim. Sie kringelten sich überall, wo Babsi schon dran gewesen war. Denninger sah in den Spiegel. Er nahm eine Locke und zog sie gerade. »Shirley Temple«, sagte er.

»Ach was. Des hängt si no aus.«

Denninger spitzte seinen Mund und zog ihn wieder gerade. Er sah, wenn er die Augen zusammenkniff, fast so aus wie sein neuestes Autogrammfoto, also circa neunundvierzig bis einundsechzig Jahre jung und insgesamt positiv, aber irgendwie kamen ihm seine Haare jetzt im Spiegelbild schütterer vor, als er gedacht hatte. Und sein Lachen gekünstelter. »Sicher das weiße Hemd?«, fragte er, während er mit seinem langen Gitarristen-Daumennagel einen winzigen grünen Überrest vom Mittagessen zwischen den unteren Vorderzähnen herauspulte.

»Sicher.«

»Nicht das pinke?« Offenbar ein Stückchen Dill.

»Jetzt halt a mal den Kopf gerade.«

»Das pinke ist etwas weiter, das andere spannt am Bauch.«

»Das pinke sieht aus, als würdest du Miami Vice nachspielen wollen, nur halt paar Jahre später und in Baden-Baden.«

»Okay.« Er schnippte das Dill-Blättchen in Richtung Papierkorb, verfehlte ihn, bückte sich danach und wischte es oben an den Papierkorbrand. Dann zog er sich mit der Hand ein paar Strähnen vom Hinterkopf vor die Ohren.

»Jetzt halt den Kopf still, sonst sieht du wirklich wie Don Johnson aus.«

Denninger sah sein eigenes Spiegelbild beleidigt an. Er zupfte noch mal an einer Haarsträhne, eine Bewegung, die Babsi autoritär unterbrach.

»Na na na na na na na«, sagte sie.

Plötzlich dachte er an seinen Auftritt in London damals mit Duran Duran und den Dire Straits. Damals hatte er, das wusste er genau, ein hellgelbes Hemd getragen, dazu eine schwarz-weiß gescheckte Krawatte und eine himbeersenffarbene Hose. Gab es heutzutage überhaupt noch Himbeersenf?

»Machste halt das Jackett zu.«

Duran Duran, das wusste er, traten nicht mehr auf, also jedenfalls nicht in der Öffentlichkeit. Die Dire Straits schon gleich gar nicht. Eigentlich niemand mehr von seinen alten Helden. Naja, bis auf die Rolling Stones natürlich. Und Bob Dylan. Er seufzte. Wann genau hatte eigentlich seine Zeit aufgehört?

In echt, also naturbelassen, wäre er natürlich schon silbrig grau, nicht mehr braun, in echt wären auch seine Zähne nicht ganz so weiß, aber das war doch wohl erlaubt, das wurde erwartet, nichts machte älter als schlechte Zähne, und er hatte darauf geachtet, dass sie nicht zu weiß gemacht wurden. Vielleicht waren sie dennoch eine Idee zu weiß geraten. Ach, aber inzwischen hatte er sich an die neue Farbe gewöhnt.

Und sonst?

Klar, er hatte dickere Tränensäcke. Außerdem breitere und auch höhere Hüften, aber das sah man ja unter dem Sakko nicht. Sogar seine Füße waren eine Nummer größer geworden (hauptsächlich: breiter), und sein Hals wies auf Selfies Falten auf, die ihn an eine Schildkröte erinnerten, aber er war schließlich neunundsechzig Jahre alt. Was brachte es, sich darüber Gedanken zu machen? So war es halt. Und seine Freundin war fast vierzig Jahre jünger als er, so what? Wenn er jetzt anfing, sich damit zu beschäftigen, könnte er sich gleich einsargen lassen. Und solange er nicht einmal abschließend geklärt hatte, ob Feuer- oder Erdbestattung und wo überhaupt, so lange, fand er, konnte er sich jede Überlegung, die sein Alter betraf, sparen, denn: ja, er würde sterben. Und dies vermutlich eher als viele andere, die er kannte, darunter seine Kinder aus erster Ehe, deren Mutter und seine jetzige Lebensgefährtin, also Yuji. Aber noch war er ja da. Er nickte lachend seinem Spiegelbild zu. Es sah aus, als bleckte er die Zähne.

»Früher, Babsi, hab ich die großen Hallen gemacht, jetzt Oberfranken. Wenn sie mich nach Unterfranken buchen, dann heißt es Obacht. Bye Bye ›Ois Bonanza‹.«

Babsi lächelte, während sie eine weitere Haarsträhne bearbeitete. Oder nein, sie lächelte nicht. Oder doch? Er hatte eine leichte Schwäche, was das Lesen von Mimik anging, und legte großzügig jeden Gesichtsausdruck positiv aus.

»Ois Bonanza?«, sagte er. »Ois Bonanza.«

»Ois Bonanza?«, murmelte sie, seine Begrüßungsformel seit den Achtzigerjahren. »Ois Bonanza.«

»Ois Bonanza. Kennt keiner mehr, oder nur noch die älteren Herrschaften, aber die sehen das ja nicht. Die wissen ja nicht, was ein Streaminganbieter ist. Oder? Mich gibt's ja jetzt zum Streamen. Ganz was Neues. Aber ich bin ja ein Dinosaurier. Ich verstehe die moderne Zeit nicht mehr, aber mich gibt es noch. Und meine Sendung auch. Gell, Babsi. Wir sind die letzten Indianer. Die gestreamten Indianer.«

»Oha«, sagte Babsi ironisch. »Heute sentimental aufgelegt.« Sie kniff ihm in die Wange.

»Was darf man denn noch als Mann heute? Tür aufhalten … nein … das hab ich ja noch so gelernt. Geht heute nicht mehr, ist man sofort unten durch. Gentleman? Gibt's nicht mehr. Da kommt man ins Gefängnis für. Hab ja früher hinter die Löffel … hat mir nicht geschadet … hab ich auch verstanden damals … Ich war schon ein richtiger Lausebengel.«

»Man kommt auch heute nicht ins Gefängnis fürs Türaufhalten«, sagte Babsi, nahm eine Haarnadel aus dem Mund und steckte sie sich selbst ins Haar.

»Ich hab richtig noch 'ne Tracht Prügel … aber im Gegensatz zu den feinen Leuten von heute fand ich halt nicht, dass es mir zum Schaden gereicht hat. Ich fand, ich hab's verdient. Hatte ich auch. Das ist wohl der Unterschied. Heute gehen ja alle gleich zum Therapeuten und jammern. Und diese Helikoptereltern, die den ganzen Tag um sie herumschwirren. Und das ist doch auch keine Musik mehr, was die jungen Leute heute hören«, fuhr Denninger fort, als folgte er einem inneren Zwang, als sagte er einen Refrain auf und könnte einfach nicht mehr stoppen. »Alle mit ihren Handys … starren immer auf Bildschirme … Aber was weiß denn ich. Bin ja ein Dinosaurier. Ganz alte Schule. Ich sehe ein schönes Kleid und denke, oh, eine schöne Frau in einem schönen Kleid, da kann man ein Kompliment machen …«

Babsi sah ihn im Spiegel an und zog ein paar seiner Haare über ihren Hitzestab.

»So ein Schmarrn«, sagte sie.

»Ich hab ja die ganz großen Stars in der Sendung gehabt, also der damaligen Zeit, kennt heute kein Mensch mehr, aber damals gab es ja nicht so viele Sender, und Musik klang noch nach Musik ...« Er machte mit beiden Händen eine Geste, als würde er eine E-Gitarre anschlagen.

»Kennt heute kein Mensch mehr«, sagte er noch einmal. Er sah traurig aus.

»Runter.« Babsi drückte seinen Kopf nach unten und wurschtelte ihm mit den Händen hinter den Ohren herum.

»Aber du bist ja jetzt auch nach Wilmersdorf gezogen«, sagte Denninger, »Prenzlauer Berg hast du doch auch nicht mehr ausgehalten ...«

Babsi machte »Mhhm« mit irgendeiner Haarklammer im Mund.

»Siehst du, ich hab Berlin eben nie verstanden, das ist zu groß, das ist nicht meins, das ist einfach nicht mehr meins, das versteht die Yuji ja auch nicht, aber ich kann da nicht leben, also lieber Südfrankreich, da verstehe ich zwar die Sprache nicht, aber ... Aua. Aua!«

»Das ist gut für die Durchblutung«, sagte Babsi.

»Geht das auch um die Augenpartie?«

Babsi kloppte ihm ein wenig im Gesicht herum. Relativ

hart unter dem Kinn und die seitlichen Wangen entlang, sanft zwischen den Augenbrauen. Irgendwann war sie fertig. Beide sahen ihn prüfend im Spiegel an.

»Siehst super aus«, sagte Babsi, »wirklich eins a.« Sie ließ ihn sitzen und ging die paar Schritte in Richtung Buffet, das auf einem Tisch angerichtet und unter Frischhaltefolie verpackt war. »Magst auch einen Kaffee?«

»Nein danke«, rief er, nahm den Stapel Papier, stellte die Füße auf die Ablage und kippelte mit dem Stuhl zurück. Er starrte auf das oberste Blatt. »Wer sind diese Leute? Wer kennt diese Leute? Kennst du eine Xandi Lochner?«

»Nein. Ich kenn doch eh nur den Tom Jones. Und der kennt mich nicht. Geh, hör auf mit dem Kippeln. Ich kann gar nicht hinsehen. Du wirst irgendwann noch mal umkippen, und dann haben wir den Salat.« Sie zog eine Schachtel Zigaretten aus dem Beutel, den sie wie einen Gürtel umgeschnallt trug, nahm ihre Tasse Kaffee und wandte sich zum Gehen. »Bin mal kurz draußen.«

»Deinen Tom Jones hab ich mal in Malibu auf einer Jacht getroffen. Netter Kerl. Wenn ich wenigstens noch rauchen würde. Aber dann bringt mich die Yuji um ...«

Michi Denninger starrte wieder auf das oberste Blatt Papier.

»Xandi Lochner«, sagte er kopfschüttelnd.

12

Es war vier Uhr nachmittags. Das Navigationssystem seines Handys zeigte noch zwei Stunden und siebzehn Minuten Fahrtzeit bis Baden-Baden an. Niki saß mit geschlossenen Augen auf dem Beifahrersitz. Entweder war sie immer noch sauer oder sie schlief.

»Niki?«

Keine Reaktion.

Na, wenigstens kritisierte sie dann nicht weiter an seinem Fahrstil herum.

Was Autofahren anging (und wirklich nur da), sah sich Hans in der Tradition des Futurismus, über dessen Gründungsmanifest er seine Abiturarbeit in Kunst geschrieben hatte. Er erinnerte sich nur noch an Fragmente. Die *Liebe zur Gefahr*, die *Schönheit der Geschwindigkeit*. Auch er wollte immer nach vorne, und möglichst schnell. Jedes andere Fahrzeug auf der Autobahn, das in dieselbe Richtung fuhr wie er, stellte für ihn eine Aufforderung dar, immer dieselbe: Überholen. Es war auch für ihn anstrengend, er stand ununterbrochen unter Stress, und auf seiner Spur, der linken, war im Nu etwas passiert. Auf jeder Fahrt gab es mindestens eine kritische Situation. Aber genau darin lag der Reiz. Es war wie ein Computerspiel, das er auf dem höchsten Level spielte.

Henriette weigerte sich leider, in ein Auto zu steigen, wenn er am Steuer saß. Sie fand seinen Fahrstil unmöglich und hatte ihm vor ein paar Jahren offiziell erklärt, dass sie nicht weiter ihr Leben riskieren wolle. Das Künstlerpaar Christo und Jeanne-Claude sei auch nie miteinander geflogen, damit einer von beiden im Falle eines Flugzeugabsturzes das gemeinsam begonnene Werk vollenden könne. Bei ihnen sei das Werk eben Emma. Sie wolle nicht, dass sie als Vollwaise aufwachsen müsse, nur weil ihr Vater beim Versuch, eine Vernissage nicht als Letzter zu erreichen, auf der Straße des 17. Juni die Nerven verlor.

Sie selbst setzte sich schon seit Jahren nicht mehr an ein Steuer, fand Autos als Fortbewegungsmittel überholt. Zu gefährlich, zu umweltschädlich, zu teuer. Schau, wieder zwei Drittel weg nur für parkende Autos, pflegte sie zu sagen, wenn sie durch irgendeine schöne Straße in einer Stadt liefen, ob das nun in Rom, Madrid oder Zürich war. Gut möglich, dass Emmas Idee für die App ursprünglich ihre war. An den Kühlschrank hatte sie mit Magnet eine Zeitungsmeldung über einen Autobahnunfall gepinnt, bei dem jemand bei 286 Stundenkilometern die Kontrolle über seinen Wagen verloren hatte, seine Beifahrerin starb. »286« hatte Henriette zwei Mal rot unterstrichen. Sie fuhr höchstens mal Taxi. Sonst bei jedem Wetter Fahrrad, und öffentliche Verkehrsmittel, obwohl sie die in Berlin absurd überteuert fand und sich jedes Mal über irgendetwas aufregte.

Was hörten sie da eigentlich für grauenhaft kitschige Musik?

Der Wagen schlingerte leicht, als Hans bei einer Geschwindigkeit von knapp 210 Stundenkilometern versuchte, einen Nachrichtensender zu finden. Davon wachte Niki auf, falls sie überhaupt geschlafen hatte.

»Hey«, sagte sie. »Pass doch auf.«

»Gut geschlafen?«, fragte Hans. Sie antwortete nicht.

Am Morgen war er in die Redaktion gekommen, um schnell noch das Aufnahmegerät zu holen, das er neuerdings bei Interviews zusätzlich laufen ließ. Sein eigenes, für das man Mini-Kassetten brauchte, die nur noch bei eBay zu finden waren, hatte ihn in jüngster Zeit zwei Mal böse im Stich gelassen. Lange würde er damit nicht mehr durchkommen. Aber er traute diesen digitalen Aufnahmen einfach nicht. Frau Kramer hatte ihm das Aufnahmegerät zusammen mit der schlechten Nachricht ausgehändigt, dass es mit seiner Hotelwahl leider nichts geworden sei. Nicht mal mit dem Roomers. Sie selbst habe deren Presse-Konditionen sehr gut gefunden, aber Frau Börne wollte den Reiseantrag nicht unterschreiben, »zu teuer«. Jetzt habe sie Hans im Holiday Inn Express eingebucht. An der Art, wie sie ihn ansah, konnte Hans ablesen, dass es nicht die beste Adresse war. »Aber mit Tiefgarage«, hatte sie gesagt, und dass Windisch ihn sprechen wolle.

Er also in Windischs Büro. Und Windisch war, sehr untypisch für ihn, sofort zum Punkt gekommen. Die Frauen in der Redaktion hätten ein Problem damit, dass er, ein Mann, über Xandi Lochner schreibe. Das gehe nicht, fänden sie. Oder nicht mehr. Er habe sich sehr für Hans eingesetzt, könne der sich ja vorstellen, er lasse sich doch von neu zusammengefundenen Interessengruppen nicht vorschreiben, wie er usw. Zuletzt habe er sich darauf eingelassen, dass Hans das Porträt mit einer Kollegin zusammen schriebe. Also er, Hans, schreibe es nach wie vor. Nur eben nicht allein. Niki von Halbstetten habe sich gemeldet, und warum nicht, habe Windisch da gedacht. Kopf hoch, sagte er noch, bevor er ans Telefon ging, das schon eine Weile klingelte.

Hatte man ihn gerade dazu verdonnert, sich mit einer Praktikantin den Autorencredit zu teilen? In ihm regte sich das Stimmchen, das ihn dazu antrieb, stets das Positive zu sehen. Aber es war sehr leise, er konnte es wirklich kaum hören.

Als er wieder in Frau Kramers Büro kam, hatte sie den Telefonhörer am Ohr, legte aber, als sie ihn sah, sofort auf. Es wollte ihm vorkommen, als wäre sie erschrocken. War sie es gewesen, die Windisch angerufen hatte? Hatten sie das vorher ausgemacht, damit er, Hans, nicht zu lange bliebe? Ein Trick, den auch er manches Mal mit ihr durchzog, aber machte sie das am Ende auch mit Windisch?

»Ist Ihnen nicht gut, Herr Benedek?«, fragte Frau Kramer. »Sie sind kalkweiß im Gesicht.«

Hans versicherte ihr, dass alles bestens sei, und schlug ihr Angebot, ihm ein Glas Wasser zu holen, aus. Auch setzen wollte er sich nicht. Er müsse ja dann auch los, nach Baden-Baden fuhr man bestimmt sieben Stunden, und um zwanzig Uhr begann die Aufzeichnung.

»Frau von Halbstetten hat Sie erreicht?«, sagte Frau Kramer.

»Niki? Nein, wieso?«

»Na, es wäre natürlich praktisch, wenn Sie sie im Auto mitnehmen könnten, also davon sind wir jetzt ehrlich gesagt ausgegangen für den Reiseantrag. Ich hab für Frau von Halbstetten extra keinen Zug gebucht.«

Er nickte.

»Wunderbar, dann sag ich ihr das.«

Frau Kramer hatte schon den Hörer am Ohr und wählte. Klar, natürlich, sollte Niki doch mitkommen und mit ihm zusammen über Xandi Lochner schreiben, dachte er, während er aus dem Zimmer lief. Auf einmal waren alle seine romantischen Gefühle für Niki von Halbstetten wie weggeblasen, und Hans sah sie in Gedanken eingereiht in die Formation wütender Frauen, die ihm und den anderen Männern auf dem gesellschaftlichen Schlachtfeld der Gegenwart gegenüberstanden. Er sah es vor sich wie in einem Asterix-Comic: auf der einen Seite die Frauen, einige hatten die Hände wütend in die Seiten gestemmt, andere reckten drohend Besenstöcke oder ein Nudelholz in die Höhe. Mit hasserfüllten Minen starrten sie die Männer an, die auf der anderen Seite eine eher traurige Truppe abgaben. Einige dick, andere dünn, alle irgendwie drollig, gutmütig und erschrocken. Und mitten unter den aufgebrachten Frauen Niki: Sie hatte die Augenbrauen finster zusammengezogen, Dampfwölkchen stiegen ihr aus der Nase.

Ja, dachte Hans höhnisch, nur Frauen konnten natürlich verstehen, wie eine Frau tickt, was sie umtrieb, anspornte, in ihrem Kern zusammenhielt. Es war wirklich ein Wunder, dass Männer und Frauen einander noch heiraten durften, oder war das am Ende auch schon abgeschafft? Man musste die Geschlechter dringend voneinander trennen. Ein Männerhirn konnte ein Frauenhirn niemals verstehen. Unglaublich, dass man ihn jemals hatte über Louise Bourgeois schreiben lassen, geschweige denn Charlotte Perriand.

Er eilte den Flur hinunter zur Toilette, wo er sich die Hände ausgiebig mit kaltem Wasser wusch. Irgendwann hatte er sich einigermaßen beruhigt. Auch das Pochen in seinem Kopf hatte aufgehört. Aber sonderbar war es doch. Hatten sie nicht neulich in irgendeiner Konferenz mal lange darüber diskutiert und waren sich alle einig gewesen, dass man nicht jüdisch sein musste, um über so etwas wie einen Holocaustgedenktag zu schreiben, geschweige denn über Philip Roth. Und nicht queer, um über den jungen deutsch-iranischen queeren Film zu schreiben, nicht dass das jetzt so sein Thema war, eher allgemein gesprochen. Tolstoi war nach heutigem Wissensstand keine Frau gewesen und hatte es trotzdem fertiggebracht, »Anna Karenina« zu schreiben, und hatte sich jemals eine Frau auf dieser Welt darüber beklagt, in diesem Meisterwerk als Frau schlecht repräsentiert zu sein? Meister*innenwerk, dachte Hans grimmig.

Er sah Niki schon von der Redaktionsküche aus mit Köfferchen vor seinem Büro stehen. Sie sah entschlossen aus. Wie eine Frau, die ein Xandi-Lochner-Porträt schreiben wird.

»Guten Morgen«, sagte sie, drückte ihm ihren Koffer in die Hand und schaute ganz lieb. Und dann waren sie schweigend mit dem Aufzug in die Tiefgarage gefahren, in seinen gelben Flitzer gestiegen und hatten beide bis Bad Hersfeld kein einziges Wort gesagt.

13

Das Warm-up war super gelaufen, der runde Saal im ersten Stock des Kurhauses Baden-Baden tobte, insbesondere wenn man bedachte, dass die Zuschauer mehrheitlich aus gesundheitlichen Gründen in der Stadt waren. Auf den Glatzen der Männer spiegelten sich die Scheinwerfer, die für die Aufzeichnung von »Ois Bonanza?« zusätzlich zum Kristall-Kronleuchter aus den Dreißigerjahren an der Decke angebracht worden waren.

Ein Stockwerk tiefer war im Wintergarten eine lebensgroße Pappfigur von Michael Denninger neben einem Tisch aufgestellt, an dem er im Anschluss zur Sendung Autogramme geben würde. In Kurorten war Michi Denninger noch ein Star. Sein Publikum war mit ihm älter geworden, und die allertreuesten seiner Fans waren schon lange vor ihm alt gewesen. Einige reisten ihm sogar von Aufzeichnung zu Aufzeichnung nach. Denninger war bekannt dafür, mit seinem Publikum unendlich bezaubernd und geduldig zu sein. Kein Selfie-Wunsch wurde je ausgeschlagen, kein Lächeln blieb unerwidert, keine Hand ungeschüttelt. Und seit sich seine Oberlidstraffung etwas ausgehängt hatte, konnte er die Leute auch wieder so herzlich anzwinkern, wie er es immer schon getan hatte, seit Mitte der Achtzigerjahre.

Das Warm-up gipfelte in einer auf den Veranstaltungsort zugeschnittenen Pointe: »Der große Vorzug allen anderen Kurstädten gegenüber ist ja der, dass der Kurschatten hier wirklich sauber ist.« Kurze Pause, ein einsamer Lacher. »Denn er war nicht nur einmal baden.« Nun hatten auch die anderen den Witz verstanden, und Denninger war begleitet von entzücktem Applaus vom Podest abgegangen.

An der Seite war er von Babsi in Empfang genommen worden, die aus ihrem Abend-Versteck hinter einer Topfpalme hervorgekommen war, um sein Make-up nachzubessern. Mit geducktem Kopf stand er vor ihr. Sie fuhrwerkte schon wieder in seinen Haaren herum.

Im Saal wurde leise geredet. Immer wieder blitzte eine Handykamera. In der letzten Reihe stand ein Mann auf und ging. Das historische Nussholzparkett knarzte unter seinem Gehwägelchen.

Xandi Lochner stand etwas abseits vor einem Gemälde, auf dem eine nackte Frau aus einem Bassin stieg. Es sollte den Frühling darstellen, hatte ihr eine Frau erklärt, die irgendwas mit dem Kurhaus zu tun hatte. Der dargestellte Frühling war wohl recht warm gewesen. Im Saal verteilt hingen die übrigen Jahreszeiten, auf dem Sommer war die porträtierte Dame bekleidet.

Xandi zupfte sich ihr weißes Hemd zurecht. Sie trug einen kurzen schwarzen Rock, schwarze Strumpfhosen und relativ hohe Schuhe. Ihr war heiß, aber es war eine Besonderheit von ihr, nie zu schwitzen. Ein Tonmann hatte sie verkabelt, unter ihrem Kinn war ein kleines Mikrofon, sie spürte das Gewicht des Senders in ihrer hinteren Rocktasche. Eine Frau aus dem Publikum sah zu ihr und wieder weg. Man kannte sie hier nicht. Egal, es war das Fernsehpublikum, um das es ging.

Sie versuchte sich noch mal in Erinnerung zu rufen, was der Medien-Coach ihr geraten hatte. Ausreden lassen. Nicht zu schnell sprechen. Lächeln. Sie hatte sich eigentlich abtrainiert, zu viel zu lächeln, weil sie nicht wirken wollte wie ein kleines Mädchen, aber das Fernsehen schluckte wohl gut achtzig Prozent von dem, was live als freundlich empfunden wurde. Die Prozentzahl hatte der Coach sich vermutlich ausgedacht, wie sollte das objektiv bemessen werden können, aber es war ein guter Kniff von ihm gewesen, denn alles mit Zahlen merkte sie sich. Sie würde also achtzig Prozent mehr lächeln oder lachen müssen, als sie es natürlicherweise tat, es lag also ein ganz schönes Stück Arbeit vor ihr. Aber der Coach hatte recht. Sie waren Fernsehauftritte von ihr durchgegangen, und sie hatte es selbst gesehen. Wenn sie normal sprach, wirkte sie unsympathisch, schlimmer noch: traurig. Um selbstbewusst rüberzukommen, musste sie sehr freundlich sein.

Die Maskenbildnerin hatte inzwischen von Denninger abgelassen und winkte ihr. Schwierige Person. Außerdem, wer trug in ihrem Beruf Dreadlocks? Sie sah aus wie eine Frau, die mal was mit Rainer Langhans gehabt haben könnte. Ungefragt hatte sie Xandis Haare mit einem Lockenstab bearbeitet – offenbar verpasste sie einfach allen Menschen eine Denninger-Frisur – und schien beleidigt, als Xandi sich anschließend ohne ein Wort in der Damentoilette die Löckchen nass ausgekämmt und das Ergebnis irgendwie selbst hochgewurschtelt hatte. Jetzt waren ihre Haare nicht perfekt, aber vorzeigbar. Auf jeden Fall besser, als mit der Frisur von Michael Denninger neben Michael Denninger im Fernsehen zu sitzen.

Als sie sie jetzt noch mal abpuderte, hatte Xandi das Gefühl, in der Art, wie sie die Puderquaste auf ihr Gesicht drückte, ihre Verärgerung zu spüren.

Die Regieassistentin, die vorhin ein Selfie mit ihr für Instagram gemacht hatte, zwinkerte ihr zu und streckte den Daumen nach oben. Xandi Lochner nahm den Kaugummi aus dem Mund und bohrte ihn in den Torf der Topfpalme. Möge ein Kaugummibaum dort gedeihen, dachte sie grimmig, weil sie immer, wenn sie etwas in Erde steckte, an ihre Mutter denken musste, die bei jedem Obstkern, der irgendwo hingespuckt wurde, diesen Satz gesagt hatte. Möge hier ein Pfirsich- / Pflaumen- / Wasauchimmerbaum gedeihen. Ihre Mutter war Apothekerin und lebte in Linz, in zweiter Ehe verheiratet mit einem Arzt. Klassiker.

Xandi war schon geladen in Baden-Baden angekommen. Sie hatte sich die ganze verdammt lange Hinreise über heftige Diskussionen mit einigen Followern auf Twitter geliefert, was auch schon ein Hinweis auf ihre Gemütsverfassung gewesen war. Normalerweise führte sie dort keine Dialoge. Sie warf Köder aus und sah zu, was geschah. Diesmal jedoch hatte sie auf negative Kommentare reagiert, was natürlich nur noch mehr negative Kommentare nach sich zog. Aber a) war sie die ganze Zugfahrt über in Sorge gewesen, dass Hans Benedek im selben Zug sein könnte und sie sich treffen und bereits die Reise miteinander verbringen müssten. Und b) hatte sie mit ihrer Mutter telefoniert. Und das verhagelte ihr immer die Laune.

Ihre Mutter kam vom Land. Sie hatte eine Vorliebe für sehr kurze Kleider, die weit ausgeschnitten waren. Sie hatte außerdem eine Vorliebe für Sonnenbaden und sah viel älter aus, als sie war. Xandi fand, sie sah wie eine Ledertasche aus. Eine Ledertasche in billigen Zara-Kleidern. Außerdem rauchte sie Kette. Und als Apothekerin wusste sie Details über die Nachbarschaft, die Xandi lieber nicht gewusst hätte, aber ihre Mutter schaffte es bei jedem Telefonat, eine Indiskretion auszuplaudern. Das war wie so ein Tick bei ihr. Eine Art Apothekerinnen-Tourette. Dass der Sohn vom Meier Hansi eine Phimose hatte zum Beispiel. Ja und? »Mei Xandi, das kann wahnsinnig schmerzhaft sein.« Oder dass die Evi wieder schwanger sei.

»Schon wieder?« »Nein, Alexandra, das ist ganz richtig so, wie die das macht. Man soll die Kinder jung kriegen, das hat die Biologie so vorgesehen.« Exakt an dieser Stelle kippte jedes Telefonat.

Auf einmal wurden all die Menschen mit Kopfhörern um sie herum nervös. Das Licht im Saal wurde dunkler, gleichzeitig strahlten Scheinwerfer das Podest an, Michael Denninger stand etwa einen Meter vor ihr, mit gesenktem Kopf, die Hände gefaltet. In seinem knallpinken Hemd sah er aus, als wollte er anschließend zum Casting für eine Ü-60-Version von »Miami Vice«.

Die berühmte Erkennungsmusik von »Ois Bonanza?« ertönte, eine ansteigende Trompetenmelodie, auf die rock'n'rolliges Hammondorgel-Gedudel folgte, ein schrecklicher Ohrwurm, den sie nun Tage nicht aus dem Kopf bekommen würde.

Als Denninger aufsah, lag schon ein Lachen in seinem Gesicht. Stürmisch nahm er die Stufen zum Podest, das durch die festliche Beleuchtung auf einmal nicht mehr nach evangelischem Gemeindesaal aussah, sondern wie eine Bühne.

»Grüß Gott, habe die Ehre, liebes Saalpublikum, liebe Zuschauer zu Hause vor den Bildschirmen, Mann, Mann, Mann«, sagte er und ließ den Applaus auf sich wirken. »Und heute heißt es aus der wunderschönen Kurmetropole Baden-Baden: Willkommen zu ...« Wie immer an dieser Stelle ließ er eine kurze Pause, in der er einen unsichtbaren Hut lüpfte, und dann vervollständigte er den Satz zusammen mit dem Saalpublikum, wie aus einem Mund: »Ois Bonanza!«

Xandi verstand alles Weitere nur undeutlich. Sie hörte nur einzelne Worte klar heraus: *Endlich. Neue. Baden-Württemberg. Versprechen.* Dass sie kaum etwas verstand, lag nicht nur an ihrer leichten Nervosität, auch waren die Lautsprecher so eingerichtet, dass der Moderator im Saal zu verstehen war, nicht aber da, wo sie stand. Schon wieder war die Maskenbildnerin mit ihrem ewigen Puder an ihr dran. Xandi wich einen Schritt zur Seite. Und da hörte sie Denninger auch schon ihren Namen sagen, *»Alexandra Lochner ... Feministin ... Schriftstellerin ... Xandi Lochner«*. Sie atmete tief in den Bauch ein. Und vollständig aus. Und halb wieder ein, wie es ihr der Coach gezeigt hatte. Sie dachte an die achtzig Prozent, knipste ein Megawatt-Lächeln an und lief los, die niedrigen paar Stufen zum Skandal hinauf.

14

Hans hatte schon alle rechten Seiten seines Moleskine-Notizbüchleins vollgeschrieben, und die Talkshow-Aufzeichnung lief immer noch. Er war begeistert. Xandi Lochner hatte von der ersten Sekunde an Gas gegeben. Und dem vollkommen überrumpelten Denninger richtig eingeschenkt. Warum er sie als Feministin vorgestellt habe, hatte sie ihn gleich zu Beginn gefragt, da hatte der sich noch nicht einmal hingesetzt. Ob er auch männliche Schriftsteller als Feministen vorstelle, denn es falle ihr auf, dass Feminismus in manchen Kreisen immer noch als reine Frauenveranstaltung behandelt werde, und ... Den Schluss dieses Gedankens hatte Hans nicht mitschreiben können, weil Xandi Lochner so schnell sprach. Nur noch den Satz: »Ich gehe davon aus, dass auch Sie ein Feminist sind, Michael Denninger.« Vielleicht würde es vor der Ausstrahlung einen Vorab-Presse-Link zur Sendung geben, hoffte er, dann könnte er das alles noch mal in Ruhe ansehen. Dafür hatte er ihren nächsten Hieb im Wortlaut notiert. Er bezog sich auf eine Bemerkung, die Denninger offenbar in seiner letzten »Ois Bonanza?«-Sendung gemacht hatte, die Hans sich auch noch würde ansehen müssen. Aber es hatte wohl irgendetwas mit Transgender zu tun. Jedenfalls sagte Lochner zu Denninger: »Wenn Sie nicht die, pardon, geistige Kapazität haben anzuerkennen, dass es mehr Geschlechter gibt, als beispielsweise die Nationalsozialisten es gern gesehen hätten, dann reicht auch einfach der Anstand, sich einzugestehen, dass man über etwas nicht Bescheid weiß. Und dann kann man ja auch einfach mal nicht laut eine Meinung äußern, oder? Gerade mit einer Reichweite wie der Ihren. Worüber ich aber eigentlich mit Ihnen reden möchte, ist der geschmacklose Witz, den Sie in der letzten Sendung gemacht haben, und Sie wissen genau, welchen ich meine.« Denninger wirkte kurz perplex, sah suchend in Richtung Seitenbühne, dann wandte er sich ans Publikum und erzählte noch mal den Witz, um den es ging, was natürlich in dieser Situation, mit einer genüsslich auf Fehler wartenden Xandi Lochner neben sich, der reine Wahnsinn war. Offenbar hoffte er, im Publikum einen Verbündeten zu haben, und so begann die öffentliche Demontage von Michael Denninger an jenem Abend im Kurhaus von Baden-Baden. Der Witz ging so: In einer großen Zeitung war ein Plädoyer dafür erschienen, den Text der deutschen Nationalhymne umzudichten. »Von Schwesterlichkeit und Mutterland« war die Überschrift gewesen, darauf anspielend, dass in der Hymne nur von Brüderlichkeit und Vaterland die Rede war. Dies hatte Denninger mit dem Vorschlag kommentiert, doch noch einen Schritt weiterzugehen und statt Hymne fortan Hymen zu sagen. Er hatte sich sofort dafür entschuldigt, der Wortwitz war ihm wohl einfach spontan so rausgerutscht, und das Publikum im Saal hatte das auch genau so verstanden. Anschließend hatte es ein bisschen Aufregung auf Twitter gegeben, aber es war keine große Sache gewesen und so gut wie ungehört verhallt. Und nun hatte Lochner das Thema zur Wiedervorlage gebracht.

»Was für Sie, Michael Denninger, einfach nur ein alberner Witz ist, hat ungezählte junge Frauen auf der ganzen Welt tragisch ihr Leben gekostet. Von der unerträglichen Geschlechterungerechtigkeit der Nationalhymne aller Deutschen jetzt mal ganz zu schweigen.«

Wenn Hans das richtig verstand, lautete der Vorwurf auf Verharmlosung von Mord.

Das Saalpublikum schien gar nicht zu bemerken, was für einem Spektakel es gerade live beiwohnte. Man freute sich vermutlich schon auf den Piccolo danach, den man sich genehmigen würde, während man für ein Autogramm von Michi Denninger anstand. Oder war einfach nur entzückt, Michi Denninger mal aus der Nähe zu erleben. Oder schwerhörig. Aber dieses Ereignis würde Wellen schlagen. Und Hans war vor Ort. Und willens, diese Welle zu reiten, auch wenn er ihn einmal geliebt hatte, diesen Dinosaurier, dessen Karriere da gerade ihr Ende fand. Er hatte sogar ein Autogramm von ihm besessen, das ihm sein Vater aus irgendeiner

Business-Lounge mitgebracht hatte. »Mein lieber Hans, Ois Bonanza?« hatte draufgestanden, darunter eine gezackte Linie, die offenbar Denningers Unterschrift war. Irgendwo im Haus seiner Eltern in Heidelberg musste die Karte noch liegen.

Neben ihm unterdrückte Niki ein Gähnen.

»Schreibst du gar nicht mit?«, flüsterte Hans.

Sie deutete auf ihre Stirn.

Irgendwie würde er es fertigbringen müssen, sie als Co-Autorin loszuwerden. Er würde einfach so schnell schreiben, dass der Text fertig war, bevor sie loslegen wollte. Ja, so würde er es machen.

Er versuchte, seine Konzentration wieder aufs Bühnengeschehen zu lenken, wo Xandi Lochner, die Hände artig auf ihren übereinandergeschlagenen Beinen abgelegt, Michi Denninger bei einer weiteren Selbstdemontage assistierte. Na warte, dachte Hans Benedek mit gezücktem Stift, na warte, Michi Denninger.

»... die jungen Damen heutzutage möchten ja nicht mehr in den Mantel geholfen bekommen«, sagte Denninger gerade. *Mantel*, notierte Hans. Als Nächstes: *Tür*. Dann: *Rechnung*. Denninger redete sich wirklich um Kopf und Kragen. Xandi Lochner saß einfach nur da. Einmal kratzte sie sich am Hinterkopf. Einmal unterdrückte sie ein Husten. Sie sah irgendwie niedlich aus in ihrem weißen Hemd mit den hellblonden Haaren. *Penatencremefarben*, kritzelte Hans in seinen Block.

»Da bin ich jetzt aber sehr gespannt«, sagte Xandi Lochner gerade. Hans hatte leider nicht mitbekommen, worauf sie gespannt war. Das Dumme an solchen Veranstaltungen war, dass man nicht auf Pause drücken und noch mal zurückspringen konnte. Und das Dumme an seinem beruflichen Werdegang war, dass er den Stenografie-Kurs, zu dem ihm seine Mutter geraten hatte, als lächerliche Idee abgetan hatte. Es hätte vieles einfacher gemacht.

»Worauf ist sie gespannt?«, flüsterte er Niki zu.

Die machte ein fragendes Gesicht und zog die Schultern hoch.

»Es ist doch einfach ein Fakt«, sagte Michi Denninger. »Mareike Glockner« – der Name sagte Hans etwas – »hatte, hat immer noch eine …« – ach ja, so eine blonde Moderatorin aus dem Frühstücksfernsehen, Hans hatte lange nicht mehr an sie gedacht, aber jetzt, wo er es tat, fiel ihm als Erstes ihre riesige Oberweite ein. »Sie hat einfach …« Michi Denninger war ganz nach vorne auf die Kante seines roten Ledersessels gerutscht und sah irgendwie Hilfe suchend ins Publikum. Er stand auf. »Das wird sie mir jetzt auch bestimmt nicht übel nehmen, wenn sie gerade zusieht.« Er trat einen Schritt nach rechts, wo ein Kameramann stand, und winkte in seine Linse. Dann wandte er sich wieder in Richtung Saal. »Mareike, du hast einfach … man muss das doch … man kann es ja nicht übersehen …«

Hans hatte aufgehört mitzuschreiben. Mit angehaltenem Atem verfolgte er das Geschehen.

»Der Nachname passt halt ganz gut«, sagte Denninger, das Gesicht zu einer pantomimischen Entschuldigung verzogen. Er hielt sich nun beide Hände in einigem Abstand vor die Brust, die Finger zu Körbchen geformt.

Oh mein Gott, dachte Hans und griff nach seinem Telefon. Leider gelang es ihm nicht, die Kamera-App schnell genug zu öffnen. Als er endlich auf Michi Denninger zoomte, hatte der die Geste schon wieder aufgelöst. Schade, diese Stelle würden sie bestimmt aus der Sendung schneiden. Es war wirklich unglaublich, dachte Hans, er wohnte einem beruflichen Selbstmord bei.

Und Denninger plapperte einfach weiter. »Das wird der Mareike auch nicht unangenehm sein, wenn ich das sage, warum sollte es.« Er spulte seine Moderation ab, als hätte er immer noch 1997. »Sie kann zu Recht stolz auf ihre schönen, ja mei, wie soll ich es denn sagen, ist Glocken denn schon verwerflich …« Schnell, dachte Hans, wieder mitschreiben, und griff zu Block und Stift. »Da wo ich herkomm, nennt man des einfach Holz vor der Hüttn, und das ist nichts, für das man sich schämen muss.« Er ließ eine kurze Pause, bevor er die Pointe setzte, die auf Kosten eines berühmt fettleibigen Fußballfunktionärs ging. Er wirkte zufrieden, als er sich wieder in seinen Sessel fallen ließ.

»Holz vor der Hütten«, wiederholte Xandi Lochner lächelnd.

»Ich habe mit Mareike über den Auftritt damals bei Ihnen gesprochen«, sagte Xandi Lochner.

»Ah«, sagte Denninger, »ihr kennt's euch.«

»Warum duzen Sie mich auf einmal?«

»Habe ich das? Verzeihung, verzeihen Sie, das muss die Erinnerung an Mareike Glockner sein – die ich übrigens sehr verehre. Die war ja oft bei mir in der Sendung, damals, als sie ... Also wenn ihr das nächste Mal, wenn Sie das nächste Mal mit ihr telefonieren, richten Sie ihr bitte die allerbesten Grüße vom Denninger Michi aus.«

»Ob sie sich da so freut?«, sagte Xandi Lochner und wandte sich direkt zur Kamera.

»Achtung, jetzt kommt's.« Hans stieß Niki in die Seite. Sie rückte etwas von ihm weg.

»Mareike bat mich, Ihnen heute Abend folgende Botschaft vorzulesen«, sagte Xandi Lochner. Sie hatte plötzlich ihr Handy in der Hand. Im Saal wurde es totenstill. Selbst die halb schlafenden Rentner hatten nun mitgekriegt, dass sich hier etwas abspielte, das größer war als der runde Saal des Kurhauses, auch wenn man den Wintergarten mit hinzurechnete.

Totenstille, notierte Hans, *Showdown, High Noon*. Als er von seinem Block wieder aufsah, hielt Xandi Lochner ihr iPhone mit beiden Händen, was dem Gerät etwas Feierliches verlieh. Sie las: »›Ende der Neunzigerjahre war ich insgesamt drei Mal bei Michael Denninger in seiner beliebten Fernsehshow ›Ois Bonanza?‹ zu Gast.‹« Hans sah kurz zu Denninger, der wieder ganz vorne auf seinem Sessel saß und aussah wie ein in die Jahre gekommener Lausebengel, der etwas ausgefressen hatte und ins Lehrerzimmer zitiert wurde.

Xandi Lochner las weiter. »›Ich betrachte es als großen Erfolg, heute in den Spiegel blicken und darin etwas anderes sehen zu können als die Witzfigur, zu der mich Herr Denninger gemacht hat. Für ihn war ich ein Blondinenwitz auf zwei Beinen.‹«

Sie las ziemlich lang. Folgende Stichwörter standen zuletzt auf Hans' Block:

Despektierlich

Objektifizierung

Depression

Triggerwarnung

Essstörung

viele Jahre Therapie

Dank an Xandi Lochner

Unterstützung

Mut

Heute

Selbstbewusstsein

Frauen

Und zuletzt: *Nichts ist Bonanza*

Als Xandi Lochner ihr Handy sinken ließ, war der Saal, wie nach dem Verhallen des Schlussakkords einer Symphonie, einen Moment still, bevor vereinzelte Leute im Publikum trotzig klatschten. Zögerlich schlossen sich die übrigen an. Blicke wurden ausgetauscht. Eine Frau rief »Buh«.

»Krass«, flüsterte Niki ihm zu. Sie hatte ganz rote Backen.

Denninger saß immer noch vorne auf der Sesselkante. Er hatte den Kopf gesenkt. Schließlich sah er auf, sah zu Xandi Lochner und zuckte traurig mit den Schultern: »Und jetzt?«

Mit dieser Frage oder diesem Tonfall schien sie nicht gerechnet zu haben, jedenfalls fiel ihr offenbar auf die Schnelle keine Antwort ein. Zum ersten Mal, fand Hans, wirkte sie unsicher. Aber es war nur ein Moment, schon hatte sie sich gefangen und forderte von Michael Denninger eine öffentliche Entschuldigung. Oder vielleicht forderte sie es auch nicht, sondern legte es nur nahe. Aber weil dies öffentlich stattfand, war es doch beinahe Nötigung. »Das wäre doch vielleicht angebracht«, sagte sie, »nicht Mareike Glockner gegenüber, sondern im Namen aller in der Öffentlichkeit zu Objekten degradierter Frauen.« Sie lehnte sich in ihrem Sessel zurück. Denninger schwieg, schien zu überlegen. Dann schüttelte er den Kopf. Er nahm sich das Mikrofon ab und stand auf. Ohne Verstärker sprach er ins Publikum. Obwohl er nicht laut sprach, war jedes Wort klar zu verstehen. Er sagte, dass er die Diskussion gut und wichtig finde. Dass aufseiten der Männer viele Fehler gemacht worden seien, nicht immer aus Böswilligkeit, sondern aus mangelndem Bewusstsein. Aus Gewohnheit. Auch er habe viel falsch gemacht. Es klinge wie ein hohles Klischee, eine blöde Entschuldigung, aber es sei wirklich wahr: Die Zeit sei eine andere gewesen. Und es sei gut, dass die Zeiten sich änderten. Erst die öffentliche Diskussion, so nervig sie vielen auch vorkommen möge, habe ihn dazu gebracht, das zu sehen. Daran könne man ablesen, wie wichtig diese Diskussion sei. Und wie nötig. Als Vater einer Tochter, die ihm zwei Enkeltöchter geschenkt habe, sehe er sich da besonders in der Verantwortung.

Tochter. 2 Enkeltöchter. Verantwortung, notierte Hans.

Aber. Aber er weise diese Art der Auseinandersetzung zurück.

Sündenbock.

Hingerichtet.

Nein.

Er wolle sich gerne in aller Form bei Mareike Glockner entschuldigen, aber persönlich. Wie man eben miteinander umgehe. Er drehte sich zu Xandi Lochner. Hans hätte zu gerne sein Gesicht gesehen, aber man sah nur den Hinterkopf, die braunen Locken wirkten im Scheinwerferkegel beinahe weiß. Ob man diese Szene im Fernsehen zeigen würde? Es sah aus, als hielte die Bühnenkamera drauf, aber vermutlich würden sie alles rausschneiden, Denninger hatte ja kein Mikrofon mehr.

Pressestelle kontaktieren, notierte er.

Xandi Lochner saß mit festgefrorenem Lächeln auf ihrem Sessel, beide Arme auf den Lehnen, und musste hochschauen, um dem Moderator ins Gesicht zu sehen. Der sprach jetzt mit ihr. Man sah es daran, dass sein Hinterkopf wackelte. Sie zog einmal eine belustigte Grimasse, sagte »natürlich«, und noch etwas, das im Saal leider nicht zu verstehen war, und als Denninger plötzlich von der Bühne ging, mit langen Schritten und gesenktem Kopf, ohne sich von seinem Saalpublikum zu verabschieden, stand sie auf. »Aber die eigene Tochter erwähnen.« Ihr Mikrofon war noch an. »Als ob man eine eigene Tochter haben muss, um irgendwann zu entdecken, dass Frauen auch Menschen sind.« Sie nahm sich nun auch das Mikrofon ab und stand einen Augenblick unentschieden auf der Bühne. Dann ging auch sie ab, und es kam Hans so vor, als legte sie extra viel Wut in jeden einzelnen Schritt, als wollte sie selbst mit ihrem Abgang noch eine Botschaft hinterlassen.

15

»Es war der absolute Wahnsinn«, sagte Hans leise oder was er dafür hielt, ins Telefon. »Henriette, wirklich. Vielen Dank für dieses Thema.«

Er nickte Niki entschuldigend zu und entfernte sich höflich gebeugt von seinem Platz. Sie saßen im Außenbereich des Restaurants vor dem Kurhaus. Es war schon dunkel, aber um das Kurhaus herum waren einzelne Spots angebracht und auf den Tischen standen Kerzen, die dem Ambiente etwas Festliches verliehen. Es war immer noch so warm, dass er in seinem Hemd nicht fror.

»Sie hat ihn hingerichtet«, sagte er leise ins Telefon, während er sich, flüchtig einem Kellner zunickend, aus dem eingezäunten Bereich des Lokals entfernte und auf den Vorplatz lief. Der Kies knirschte unter seinen Schritten. »Sie hat ihn erledigt. Michi Denninger is over, bye-bye.«

Er lief auf die von pavillonartigen Ladenzeilen gesäumten Kolonnaden zu, und wer ihn nicht kannte, nicht wusste, dass Hans Benedeks normales Lauftempo sehr hoch war, hätte meinen können, er habe einen Bus zu erwischen, nach dem kein weiterer mehr fuhr.

»Naja. Ja. Stimmt. Er konnte einem schon leidtun, aber er hat sich auch selten dämlich angestellt.«

Er blieb stehen, bückte sich nach einer Kastanie und umschloss sie fest mit der Hand.

»Oh, schreie ich wieder? Verzeih. Aber«, er hielt sich eine Hand seitlich vor den Mund und flüsterte das Folgende, aber es war ein Männerflüstern, also eines mit Stimme. »Er hat sich auch selten dämlich angestellt.«

Die Kastanie war glatt und rund.

»Was?«

Er schleuderte sie von sich.

»Ja, das kann man sagen, also ein Spektakel war es schon. Erzähl ich dir alles morgen. Ja, haarklein. Versprochen. Und ihr so? Habt ihr einen schönen Abend?«

Die nächste Kastanie flog viel weiter. In einem wunderschönen Bogen landete sie vorne an der Straße.

»Na, das klingt doch sehr gemütlich bei euch. Gib mir doch mal kurz Emma.«

Er sammelte weitere Kastanien auf. Aus der Ferne konnte er sehen, dass Niki sich langweilte. Neben ihr saß eine Frau mit Dreadlocks, die aber auf ihr Telefon sah. Die anderen Leute von der Fernsehsendung saßen am anderen Ende des Tisches.

»Nein? Ach, das ist aber schade. Naja, dann grüß sie schön.«

Der Flug der nächsten Kastanie endete an einem dünnen Birkenstamm.

»Was?«

Er kickte ziellos in den Kies.

»Weißt du was, das erzählst du mir morgen. Ich kann mich jetzt hier nicht so lange absentieren. Wenn Xandi Lochner noch kommt, grüß ich sie schön. Nein? Gut, dann grüß ich sie nicht.«

Viel länger wollte er Niki nicht warten lassen. Und vielleicht würde ja sogar Michi Denninger noch auftauchen, obwohl es geheißen hatte, er sei direkt nach der Sendung nach München gefahren.

»Was? Nein. Warum sagst du denn so was? Natürlich vermisse ich dich. Das weißt du doch. Ich muss jetzt wieder … genau … ich euch auch. Tschüss, tschüsstschüss-tschüsstschüsstschüss.« Das große Finale des familiären Abschiedsrituals bildete ein tatsächlich abgedrückter Kuss.

Hans eilte zurück ins Restaurant.

Die Frau mit den Dreadlocks stellte sich als Babsi vor. Sie sah aus, als schliefe sie in den nächsten zehn Minuten ein. Einen Platz weiter hatte ein junger Mann seine Jacke über den Stuhl gehängt, er telefonierte durchgängig und stand dann auf. Gegenüber von ihnen war alles frei. Die Leute am anderen Ende des Tisches, die alle etwas mit der Sendung zu tun hatten, wirkten aufgebracht. Sie unterhielten sich, aber so, dass man es da, wo Hans saß, nicht verstand. Es war aber eindeutig, dass es um die Aufzeichnung ging.

Die war ja auch wirklich alles andere als optimal gelaufen. Hans hatte das Gefühl, dass sie sich in seiner Anwesenheit unwohl fühlten. Er fing den einen oder anderen argwöhnenden Blick auf. So war das immer – lief alles gut, waren Journalisten willkommen, kaum ging etwas schief, war der Journalist ein Feind. Ob sie sich fragten, wer die junge Frau an seiner Seite war?

Hans vertiefte sich in die Speisekarte. Er hatte zwei schnelle Biere getrunken und dachte gar nicht daran zu gehen.

»Alles gut zu Hause?«, fragte Niki.

Hans ging nicht darauf ein.

Die Frau mit den Dreadlocks, Babsi, wirkte unzufrieden. Immer wieder blätterte sie in der Speisekarte nach vorne und wieder zurück. »Back With a Vengeance« stand in Metallica-Runenschrift auf ihrem T-Shirt. Es war so weit ausgeschnitten, dass man die türkisfarbenen BH-Träger sah. Sie schlug die Karte zu.

»Nichts gefunden?«, sagte Hans.

»Ich hab sowieso keinen Appetit.« Sie wirkte niedergeschlagen. »Wart's ihr gerade drin, im Kurhaus?«

»Ja. Ein denkwürdiger Abend ...«

»Denkwürdig. Wie meinen Sie des?«

»Naja, ich bin aufgewachsen mit ›Ois Bonanza‹, Michi Denninger, von dem hatte ich sogar mal ein Autogramm. Und dass ich jetzt dabei war, als er sich dermaßen selbst demontiert hat ... das hatte schon etwas Tragisches.«

»Was Tragisches?«

»Naja, es war ja sozusagen die Dekonstruktion eines Helden, vom Helden selbst bewerkstelligt. Das Glaubensbekenntnis eines alten weißen Mannes …« Hans zitierte jetzt aus seinen Notizen: »… der nicht versteht, dass die Zeit an ihm vorbeigerast ist. Das selbst eingereichte Rücktrittsgesuch eines Mannes, ans Tageslicht befördert von strategisch brillant platzierten Fragen einer jungen Frau. Sozusagen ein Abgesang in cis-Moll … Also wegen Cis-Mann, meine ich. Man fühlte sich fast an Judit aus dem Alten Testament erinnert, die dem assyrischen Feldherrn Holofernes …«

»Jaja, hab's verstanden. Sind Sie von der Presse?«

»Ja.«

»Das hätte ich mir denken können.«

»So? Ach. Naja, also … Ich schreibe ein Porträt über Xandi Lochner, und das war schon beachtlich, was die da heute für einen Auftritt hingelegt hat.»

»Aha«, sagte die Frau. »Wissen Sie, was ich beachtlich find?«

»Nein.«

»Wie spät es auf einmal geworden ist.«

Und sie stand auf, nahm ihre Tasche vom Stuhl und ging.

Hans sah ihr nach, wie sie auf ihren unglaublich hohen roten Holzpantinen über den Kies des Kurgartens in Richtung Kolonnaden lief. Bevor er sich darüber klar werden konnte, was er falsch gemacht hatte, hatte ihn Niki in Beschlag genommen, die sich daran störte, dass er »ich« gesagt hatte, statt »wir«.

»Was habe ich?«

»Du hast gesagt, du schreibst ein Porträt über Xandi Lochner – nicht wir.«

Und auf einmal war sie da.

Sie trug einen riesigen schwarzen Blazer mit überbreiten Schultern. Ihre hohen Schuhe, die Hans zu ihrem Rock zu rustikal vorgekommen waren, hatte sie gegen rote Chucks getauscht. Auf ihrem Jutebeutel stand der Name einer kleinen Berliner Buchhandlung. Sie sah müde aus. Und übertrieben geschminkt. Dicke braunrote Rouge-Balken lagen wie Kriegsbemalung auf ihren Wangen. Hans stand zur Begrüßung auf – als Einziger. Er ging sogar um den Tisch herum, um ihr den Stuhl zurechtzurücken, womit er gleichzeitig dafür sorgte, dass sie ihm gegenüber sitzen würde. Also, ihm und Niki.

»Ich bin Hans Benedek. Wir haben gemailt. Ich schreibe das Porträt über Sie.«

»Mit mir zusammen«, sagte Niki, die nun ebenfalls aufstand. »Hallo, ich bin Niki. Ich schreibe mit Hans zusammen das Porträt.«

»Zu zweit?« Sie sah amüsiert aus. »Kann man es mit mir nicht alleine aufnehmen? Wie mit so einem blöden Spitzenpolitiker beim großen Sommerinterview?« Sie schälte sich aus ihrem Jackett. Hintendrauf stand in dicken weißen Lettern das französische Wort für Kleidung, *Vêtements*.

Hans streckte ihr helfend seine Hand entgegen. »Lassen Sie mich Ihnen …«

Sie ignorierte ihn, und er zog seinen Arm unverrichteter Dinge wieder zurück. Eigenhändig hängte sie ihr riesiges Jackett über die Stuhllehne.

Hans zog den Stuhl für sie etwas weiter hinaus, damit sie sich setzen konnte. Das tat sie, ohne »Danke« zu sagen. Er ruckelte den Stuhl, mit ihrer tatkräftigen Mithilfe, wieder weiter nach vorne in Tischnähe. Sie nahm sich die Speisekarte, die die Frau mit den Dreadlocks hatte liegen lassen. Hans ging um den Tisch herum zu seinem Platz. Er sah Xandi Lochner aus den Augenwinkeln heraus an und versuchte sich alles einzuprägen. Ihre dicken geraden Augenbrauen. Die weißblonden Haare, unter denen ein dunkler Ansatz durchschimmerte. Ihre Hände, etwas patschig, wie würde er das neutral beschreiben können, ohne unhöflich zu sein? Grobschlächtig? Nein. Sie schien Fingernägel zu kauen.

»Sie haben bestimmt Hunger«, sagte Hans, »Sie haben ja heute schon mächtig was geleistet.«

Xandi Lochner blätterte in der Karte hin und her.

»Ist hier alles mit Fleisch?«

»Nein«, sagte Niki. »Es gibt auch Penne mit Vodkasauce.«

»Also«, sagte Hans, »wenn Sie lieber woanders hingehen möchten, ich begleite Sie gern. Wir begleiten Sie gerne.«

»Dreierlei Fleisch«, las sie laut. »Ochse, Rind und Schwein.«

»Klingt wie der Anfang von einem Witz. Treffen sich ein Ochse, ein Rind und ein Schwein in einer Bar«, sagte Hans.

»Entschuldigen Sie«, sie winkte einen Kellner zu sich. »Gibt es hier auch was Veganes?«

Der Kellner sagte, dass man die Beilagen auch solo bestellen könne. Und er werde fragen, ob man die Penne auch ohne Speck machen könne.

»Und ohne Sahne«, rief Xandi Lochner ihm nach. Sie vertiefte sich in ihr Handy, scrollte, las, tippte ziemlich viel. Während sie aufs Display starrte, nahmen ihre Züge etwas Hartes an.

Hans zog unauffällig sein vollgeschriebenes Moleskine aus der Hosentasche und notierte sich: *Claude Jade*. Irgendetwas, fand er, hatte Xandi Lochner von ihr, aber vielleicht stimmte das gar nicht und er hatte, wie seine Frau meinte, einfach nur einen Knall, in jeder Frau irgendeine Truffaut-Schauspielerin zu sehen. Er bemerkte, dass Niki neben ihm auf seine Notizen schielte, und steckte den Block schnell wieder ein.

»Und wie fühlst du dich jetzt?«, fragte Niki Xandi Lochner.

»Wie? Normal, wieso?«

»Naja, das war doch schon irgendwie ... ganz schön ...«

»Ja, naja.«

Bis der Kellner wieder mit der Auskunft zurückkam, sie könne Nudeln ohne alles haben, hatte Xandi Lochner den gesamten Brotkorb leer gegessen und bestimmt die halbe Flasche Öl damit aufgetunkt. Kein Wunder, dass sie so drall war, dachte Hans, der auf Anraten seiner Frau schon seit Längerem abends auf Brot verzichtete. *Wurstfinger*, hatte er sich unauffällig notiert. Niki sagte nichts mehr, schien es ihm allein überlassen zu wollen, eine Unterhaltung in Gang zu bringen. Und dafür wollte sie dann einen Autorencredit?

Es war eine ungemütliche Stimmung an den zusammengestellten Tischen. Die Leute von der Sendung gaben sich keine Mühe, zu verbergen, dass sie sich von Xandi Lochners Anwesenheit gestört fühlten. Sie redeten leise, sahen immer wieder zu ihr hinüber.

Hans war irgendwann ins Zweifeln gekommen, ob sie sich nicht eigentlich duzten, Xandi Lochner und er. Er war zwar viel älter, und eine gewisse Distanz war, da er über sie schreiben würde, natürlich von Vorteil, aber immerhin kannte sie, auch wenn sie es bisher nicht angesprochen hatten, seine Frau. Niki duzte sie einfach, aber er? Fand Xandi Lochner es vielleicht verklemmt, von ihm gesiezt zu werden? Außerdem, so viel älter war er auch wieder nicht. Also doch, aber nicht richtig. Henriette würde sie ja auch nicht gesiezt haben oder am Ende doch? Warum hatte er sie das nicht gefragt.

»Und, schon für was entschieden?« Xandi Lochner zeigte auf die Karte.

Keine direkte Ansprache. War sie am Ende auch unsicher?

»Noch nicht. Und selbst?«

»Ich überlege noch. Gar nicht so leicht hier, oder?«

»Nein, ich finde es auch gar nicht so leicht. Auch etwas Wasser?« Er hob die Flasche.

Sie nickte.

Das war ja ein lustiges Spiel.

»Zum ersten Mal in Baden-Baden?«, fragte sie, während er ihr einschenkte.

»Ich glaub, ich nehm das Steinpilzrisotto«, überlegte Niki laut. »Oder Maispoularde auf Grießbrei mit Gemüse der Saison. Dazu habe ich eine Frage: Was hat gerade Saison?«

Hans war sich nicht hundertprozentig sicher, glaubte aber, dass der Blick, den er von Xandi Lochner auffing, zur Hoffnung Anlass gab, dass er mit etwas Geschick zuletzt doch alleiniger Autor des Porträts sein würde. Er hatte ohnehin den Eindruck, dass es mit der neuerdings so oft beschworenen Frauensolidarität nicht weit her war.

»Nein, ich war schon öfters in Baden-Baden«, sagte Hans. »Und selbst? Bestimmt auch, oder? Beim SWR.«

Der Kellner kam und fragte, ob man denn schon etwas Schönes auf der Karte gefunden habe.

»Ich überlege noch«, sagte Niki. »Wisst ihr schon?«

»Also ich brauch noch 'ne Minute«, sagte Xandi und sah zu Hans.

»Ich auch.« Er signalisierte dem Kellner durch das fahrige Heben einer Hand mit zeitgleichem Kopfschütteln, dass er ihnen noch etwas Bedenkzeit geben möge. Es war eine dieser Gesten, die er eins zu eins von seinem Vater übernommen hatte. Das extrem beiläufige Herbeiwinken einer Rechnung hatte er auch von ihm. Und das kaum merkliche Nicken mit geschlossenen Augen, nachdem man einem Hotelangestellten ein gutes Trinkgeld zugesteckt hatte.

»Gehen wir«, sagte Hans, als der Kellner außer Hörweite war.

»Wollen wir denn nichts essen?«, fragte Niki.

»Vielleicht nicht hier«, sagte Xandi Lochner.

Hans beeilte sich, zu ihr zu kommen, um ihr beim Anziehen ihres Jacketts behilflich zu sein. »Wollen wir uns nicht vielleicht duzen?«, fragte er, während sie ihren Arm in den Ärmel gleiten ließ, den er für sie bereithielt.

Sie zog eine Augenbraue hoch und sah ihn mit einem Blick an, der ihn in eine äußerst angenehme Gespanntheit versetzte. »Xandi«, sagte sie und streckte ihm die Hand hin.

»Hans.«

Ihr Händedruck war überraschend schlaff.

»Was ich dich schon die ganze Zeit fragen wollte, Hans«, sagte sie, »gibt es hier irgendwo eine gottverdammte Bar?«

16

Als sie wenige Minuten später zu dritt – Hans in der Mitte, flankiert von Niki und Xandi – durch die kulissenhaft beleuchtete Fußgängerzone Baden-Badens liefen, die aussah wie eine Werbung für den Tourismusstandort Deutschland, stieg Hans Xandi Lochners Duft in die Nase. Angenehm. Weich, herb. Es erinnerte ihn an Urlaub, Sommer, Süditalien. Seine Frau hatte früher danach gerochen, irgendein Öl, das ihr auf jeder Reise im Koffer ausgelaufen war. Überhaupt fühlte er sich auf einmal in Ferienstimmung versetzt. Es lag vielleicht auch an den vielen Palmen, die in dieser Stadt überall in Kübeln herumstanden. Vor dem Festspielhaus, vor dem Kurhaus natürlich, und eben jetzt auch hier. Alle paar Meter stand wieder eine, vor Butlers, vor Nordsee, vor Douglas, Fielmann, der Telekom und was Baden-Baden nicht sonst noch alles so an Filialen zu bieten hatte.

»Wahnsinn, wie viele Teeläden es gibt, oder?«, sagte Niki. »Da, schon wieder einer.«

Sogar im Schaufenster einer Apotheke saßen zwei weißhaarige Schaufensterpuppen mit kleinen Hüten mit Tüllschleier auf dem Kopf und taten so, als tränken sie Tee.

»Crazy«, sagte Niki. »Stellt euch mal vor, ihr würdet hier wohnen.«

»Und ihr seid Kollegen?«

Bevor Hans antworten konnte, hatte Niki schon »Ja« gesagt.

»Und schreibt ihr öfters zusammen?«

Niki machte ein vage zustimmendes Geräusch.

»Stelle ich mir total schwierig vor, jeder ein Wort, immer abwechselnd oder wie?«

»Nee«, lachte Niki die Frage weg. Auf einmal hüpfte sie auf einem Bein und gab einen lang gezogenen Schmerzschrei von sich, aber es schien nichts Ernstes zu sein, denn sie lachte schon wieder.

»Aua, diese verdammten Verkehrsberuhigungs-Böller.«

»Ich glaube, das heißt Poller«, sagte Hans.

»Ich bin voll drüber gestolpert«, sagte Niki.

»Ich fall auch immer über meine eigenen Möbel«, sagte Xandi. »Weil ich immer den direkten Weg nehme. Meine Schienbeine sind voller Narben, die alle aus meinem Wohnzimmer stammen. Total bescheuert.«

Hans griff nach seinem Moleskine, entschied sich um, nahm die Hand wieder aus der Hosentasche. Jetzt bloß nicht den Moment zerstören, in dem man sich wie ein Journalist aufführte. Wer weiß, was sie dann alles nicht mehr erzählen würde. Aber »ich nehme immer den direkten Weg« musste er sich merken. Und das mit den Narben natürlich.

»Geht's wieder?«, fragte er Niki, aber offenbar wollte sie sich nicht helfen lassen. Sie schubste seine Hand weg, als er sie stützen wollte.

Als sie an einer Swarowski-Filiale vorbeiliefen, fiel ihm plötzlich der berühmte Satz von Tolstoi ein. »Roulette bis sechs Uhr abends, alles verloren«, zitierte er.

Weder Xandi noch Niki schienen zu merken, dass das ein Zitat war.

»Dostojewski hat Baden-Baden ›Roulettenburg‹ genannt«, sagte Hans. »Und die Deutschen gehasst. Habt ihr ›Der Spieler‹ gelesen?« Hatten sie nicht. Während sie weiterliefen, erzählte Hans ihnen unaufgefordert den Inhalt nach, der, wie auch ihm selbst irgendwann auffiel, unglaublich verwickelt war. Er empfahl abschließend, wenigstens das Kapitel zu lesen, in dem die Großmutter, auf deren Tod alle warten, um endlich zu erben, überraschend anreist und in kürzester Zeit ihr gesamtes Erspartes verspielt. »Das ist wirklich sagenhaft, wie Dostojewski diesen Rausch nachvollziehbar macht.«

»Guckt mal da.« Niki zeigte auf etwas, das wie das unbewegliche Teil einer Zapfsäule aussah. »Ein Defibrillator.«

Jetzt fühlte es sich gut an zwischen ihnen, dachte Hans. Lockerer. Die Nervosität, die Unsicherheit hatte sich gelegt. Er kniff Niki in die Seite. Xandi Lochner hatte ihr

Jackett wieder ausgezogen und über die Schultern gelegt, sodass ihre Arme verschwunden waren. Hans war aufgefallen, dass sie, wann immer ihnen Leute entgegenkamen, den Kopf senkte. Offenbar war sie es gewohnt, erkannt zu werden. Aber hier kamen sowieso keine Leute mehr. Die Fußgängerzone gehörte ihnen allein. Es war fast unheimlich still. Man hörte nur ihre Schritte und von irgendwoher ein leises Plätschern. Man hörte eigentlich immer irgendetwas plätschern in Baden-Baden, vielleicht hatte er deshalb so einen Durst? Eine Bar war allerdings nirgends zu sehen. Nur ein Teeladen neben dem nächsten. Vielleicht liefen sie in die falsche Richtung? Plötzlich kam Hans eine Idee. »Sagt mal.« Er blieb stehen. »Habt ihr nicht Lust, ins Casino zu gehen?«

Es kam alles ganz genau so, wie er es sich erhofft hatte.

Er lieh sich für acht Euro ein Sakko, das ihm sogar stand. Eine Krawatte brauchte er überraschenderweise nicht, er lieh sich trotzdem eine. Wenn schon Casino, denn schon Casino. Xandi wechselte ihre Chucks gegen die Schuhe aus der Sendung, die sie in ihrem Jutebeutel dabeihatte.

Und Niki?

Tagsüber könne sie gerne in Turnschuhen ihr Glück versuchen, vielleicht drücke der Einlass ein Auge zu, aber abends achte man auf die Etikette, erklärte die Frau am Empfang in einem Ton, der klarstellte, dass sie, hätte sie hier was zu sagen, auch tagsüber kein Auge zudrücken würde, und nein, Damenschuhe könne man sich hier nicht leihen, man sei schließlich ein Casino, keine Kegelbahn.

»Tja Mensch ... das ist natürlich blöd jetzt ...«, sagte Hans.

»Ja, aber es wäre schon gut, wenn ich da mit dabei wäre, für die Geschichte.«

»Wir machen jetzt kein Interview«, sagte Xandi. »Das ist jetzt nur so, nicht für die Geschichte.«

Hans tat so, als merkte er nicht, dass Niki dringend kurz mit ihm allein reden wollte. »Wir sehen uns, ja?« Er zwinkerte ihr aufmunternd zu.

Als der Mann am Einlass ihre Eintrittskarten scannte, sah er sich noch mal um. Sie stand immer noch an derselben Stelle und sah ihn von dort hasserfüllt an. Aber was hätte er tun können, legte er sich in Gedanken zurecht. Xandi alleine ins Casino gehen lassen? Nein, das hätte sich nicht gehört. Mit irrsinnigem Bedauern zog er die Schultern hoch. Dann riss er sich los und folgte Xandi durch die goldgerahmte Eingangstür.

Sie schritten über den roten Teppich, der jedes Geräusch schluckte, vorbei an Kabinen, in denen livrierte Frauen Geld zählten, warfen einen Blick in den Raum rechts, in dem junge Männer in billigen Anzügen ihre Hoffnung auf Roulette setzten, liefen weiter zum nächsten Raum, dessen Wände mit senffarbener Seide beschlagen waren, hier wurde Blackjack gespielt. Eine Weile bewunderten sie den Kronleuchter, von dem Hans fand, er sehe aus wie der in der Pariser Oper (der alten). Dann beschlossen sie, nicht über Los, sondern direkt an die Bar zu gehen, die sich in einem Raum des Casinos befand, der aussah, als hätte ein örtlich niedergelassener Zahnarzt die Kulissen für einen James-Bond-Film erdacht.

»Meine Güte«, sagte Hans anerkennend.

»Gott ist groß«, sagte Xandi.

Und da saßen sie nun.

Sie, die Beine ineinander verknotet wie ein Korkenzieher, er breitbeinig. Seine Knie stießen an die schwarze Lackverkleidung der Bar.

Er löste die Krawatte. Sah lässiger aus, fand er. Mehr nach Glückssträhne.

Sie sprachen über dies und sie sprachen über das. Es war alles ganz einfach. Es war kein Interview, sondern das, was aus seinem Porträt etwas Außergewöhnliches machen würde, dachte er. Weil man sich dann kannte. Weil man sich sehr gut verstand.

Als er irgendwann auf sein Handy sah, war es kurz vor zehn. Sie hatten gerade die zweite Runde Getränke bestellt.

»Und dann?« Ihr Gesicht glänzte, die Rougebalken waren noch immer deutlich zu sehen.

»Dann habe ich den Wagen in Salvador stehen lassen und bin nach São Paolo getrampt.«

»Geh, spinn mich nicht an.« Sie lachte. Er lachte mit.

»Nein wirklich, das ist doch arg.«

Ihre österreichische Färbung war auf einmal nicht zu überhören.

»Aber so war es, ganz genau so.«

»Aber ist das nicht gefährlich?«

»Ach, kommt drauf an.«

Wenig später war es schon kurz vor elf.

»An den Treppen?« Xandi hatte sich vollkommen Hans zugewandt. Wie sein Publikum saß sie auf dem Barhocker.

»Ja. Einen guten Architekten erkennt man immer an den Treppen. I.M. Pei – kannst du vergessen. Bist du schon mal im Deutschen Historischen Museum gewesen? Nein? Egal, wenn, dann nimm da den Aufzug. Sanaa – miserable Treppenbauer.«

»Sahner?«

»Ja, Sanaa, das berühmte Architekturstudio aus Tokyo. Kennst du nicht Kazuyo Sejima und Ryūe Nishizawa?«

»Was? Sag das noch mal.«

»Kazuyo Sejima und Ryūe Nishizawa.«

»Das ist ja der Wahnsinn. Ich muss sofort noch was trinken.«

»Geh mal ins New Museum in New York. Da wirst du die Treppen verfluchen.«

»Und was hat Sahner damit zu tun, welcher Sahner überhaupt?«

»Nicht Sahner, Sanaa. Die haben das New Museum gebaut.«

»Ach so. Und wo ist denn mal eine gute Treppe?«

»Ich fand die hier ganz gut. Also im Kurhaus. Lach nicht. Oder im Louvre zum Beispiel. Fantastische Treppen. Man merkt kaum, dass man Stufen erklimmt, die gehen sich ganz von alleine. Wir sollten mal nach Paris zusammen, dann schauen wir uns die Treppen im Louvre an.«

»Geh, ist das dein Anmachspruch? *Wir sollten mal nach Paris zusammen?*«

»Was? Nein. Natürlich nicht.«

»Wir sollten mal in die Paris Bar zusammen.«

Und, schwupps, war die nächste Stunde vergangen. Inzwischen berührten ihre Knie einander.

»Okay, aber du musst mir versprechen, dass du das nicht schreibst«, sagte Xandi.

»Versprochen.« Hans machte die Schwurhand.

»Okay. Also. Die einzige Möglichkeit, wie sich wirkliche Gleichberechtigung zwischen den Geschlechtern herstellen ließe, also zwischen den binären Geschlechtern meine ich jetzt …«

»… natürlich, klar.«

»… wäre, dass es gesetzlich geregelt ist, dass Männer ab einem Alter von, sagen wir, Mitte, Ende vierzig keine Kinder mehr zeugen dürfen.«

»Aha.«

»Damit wäre der biologische Vorteil von Männern gegenüber Frauen aus der Welt. Und die Machtverhältnisse wären gleich. Gleicher.«

»Aha.«

»Du guckst, als ob du mir nicht folgen könntest. Nie Eva Illouz gelesen?«

»Ich frage mich nur gerade, wie du das durchsetzen willst?«

»Ja, das ist eben noch die Frage. Also ob da ein biologischer Eingriff sinnvoller wäre oder ganz normal Strafen. Du siehst besorgt aus. Auch noch einen Vodka auf Eis?«

Als sie etwas später aufsahen, um dem Barmann zu winken, bemerkten sie, dass außer ihnen kein Gast mehr in der Casinobar war. Egal, schnell weiter, jetzt waren sie endlich bei Henriette.

»Nein, ich fand sie ja wahnsinnig nett«, sagte Xandi.

»Nett … das ist aber nicht …«

»Nett? Du hast recht, nein, sie war nicht nett … Also doch, aber …«

»Also was jetzt?«, fragte er.

»Sie war sehr nett. Wirklich. Ich meine das eh nett. Schade, dass sie nicht mehr schreibt. Also Gedichte. Wart mal …«

Sie nahm ihr Handy. »Weißt du, was ich jetzt mache?«

»Nein, was?«

»Ich mache jetzt was Nettes für deine Frau.«

»Was Nettes.«

»Ja. Nice, cute, was Liebes halt. Geh auf Instagram. Dann kannst du's live sehen.«

»Ich bin nicht auf Instagram«, sagte Hans.

»Lucky you«, sagte Xandi, »bewahr dir das.«

Sie beugte sich über ihr Handy. Es dauerte alles sehr lange. Irgendwann entschuldigte sich Hans kurz, und als er von der Toilette zurückkam, hatte Xandi zwei Gläser Champagner vor sich stehen. Sie reichte ihm eines. Das Getränk schäumte ganz frisch. »Auf Henriette«, sagte sie und erhob ihr Glas. »Ich hab ihren Gedichtband empfohlen. Jetzt wird ›Frau mit Hut‹ womöglich noch ein Bestseller.«

Als kurz darauf sie auf die Toilette verschwand und Hans zahlen wollte, winkte der Barmann ab. Die Dame habe schon gezahlt.

17

Hans öffnete die Tür mit der Schlüsselkarte, ließ Xandi Lochner den Vortritt, steckte die Karte ins dafür vorgesehene Fach, und surrend sprang die Beleuchtung an.

»Geschafft«, sagte er. »Dann schauen wir doch mal, was das Küchenpersonal für uns gezaubert hat.«

Er öffnete die Fakeholzverkleidung, hinter der sich der kleine Kühlschrank verbarg. Auf ihm lag ein Körbchen, in dem sich eine Tüte Chips, drei verschiedene Schokoriegel und eine Tüte Erdnüsse befanden.

»Ein kleines Drei-Gänge-Menü?«

Sie schüttelte den Kopf. »Ich will Pizza.«

Er nahm das Glas, das kopfüber auf dem Schreibtisch stand, schraubte die Miniflasche Rotwein auf und goss ein. Der Geruch von Chlor stieg ihm in die Nase. Sonderbar. Der Chlor-Geruch war ihm schon beim Einchecken aufgefallen, dabei war es kein Kurhotel.

Hans hielt ihr das Glas hin, und weil sie nicht reagierte, nahm er selbst einen großen Schluck.

Xandi Lochner saß auf seinem Hotelbett, brav wie eine Konfirmandin, aber auch als erwartete sie irgendetwas.

»Sag mal, stimmt es, dass du Vorsitzende eines Justin-Bieber-Fanclubs warst?«

»Ist das jetzt ein Interview?

»Nein. Oder ja. Wie du willst.«

»Wenn das ein Interview ist, war ich Präsidentin, bitte.«

Hans stellte das Glas auf dem Schreibtisch ab und machte alle Lichter an, die er finden konnte. Er nahm die Fernbedienung des Fernsehers und schaltete auf irgendeinen Retro-Musiksender. Dann ging er zum Fenster, das heißt, er schlängelte sich zwischen Bett und Bildschirm hindurch und zog den grauen Vorhang zur Seite, der ohne ersichtlichen Grund in einer Kurve in den Raum hinein verlief. Er war aus einem massiven Stoff, vermutlich feuerfest, und klemmte. Als er daran zog, riss der Vorhang an einer Stelle aus der Halterung und hing da nun traurig zu Boden.

»Hoppla«, sagte Hans. Vorsichtig zog er auch noch den weißen Tüllvorhang zur Seite.

Das Fenster ließ sich leider nur kippen. Selbstverständlich gab es in diesem Hotel, das Frau Kramer gebucht hatte, um Frau Börnes Spardiktat zu befolgen, keine Balkons. Nicht mal Grüß-Austritte. Angesichts dieser Ödnis konnte man Depressionen bekommen. Sein Zimmer ging nach hinten, zu einem pflanzenlosen Hof hin, in dem Klimaanlagen brummten. In einem der Fenster gegenüber brannte hinter zugezogenen Gardinen Licht, sonst war alles dunkel.

Im Fernsehen kam »Take on Me« von a-ha, was ihn sofort in seine Jugend katapultierte, in einen Sommer in den Achtzigerjahren, in dem …

Ein lautes Krachen ließ ihn zusammenfahren.

»Sorry. Ich bin Jungfrau, das muss schon alles ordentlich …«

Sie riss noch mal am oben hängenden Rest, fester, riss alles mit Gewalt herunter.

Im Video, das größtenteils gezeichnet war, schlug gerade ein Mechaniker mit einer Wasserpumpenzange einen Spiegel ein. Es hatte schon wirklich merkwürdige Musikvideos gegeben. Auf einmal spürte er eine Berührung um seine Körpermitte. Es fühlte sich an wie ein Gürtel, gefolgt von punktuellem Kontakt zu seinem oberen Rücken. Kurz orientieren. Okay, aha. Mit beiden Armen umfasste Xandi seinen Oberkörper und drückte ihn an sich, weder fest noch sanft, schwer zu interpretieren.

»Hey«, sagte Hans.

»Hey«, sagte Xandi und brachte ihren Oberkörper noch enger an seinen.

Er konnte ihre Brüste spüren, als sie sich an ihn drückte.

Mit beiden Händen griff er nach hinten und erwischte ein Bein, einen hinteren Oberschenkel.

»Aua«, sagte sie.

Er drehte sich um und zog sie in einer schwungvollen Bewegung an sich. Er fühlte sich wie ein Tangotänzer, als sie mit durchgedrücktem Rücken in seinen Armen hing.

Sein Gesicht jetzt genau über ihrem. Sie hatte die Augen geschlossen und die Lippen geöffnet. Er drückte seinen Mund auf ihren, versuchte, seine Zunge in ihren Mund zu schieben, der sich jedoch sofort schloss und ganz hart war. Er brach den Kuss wieder ab. Mit einer Hand wanderte er ihren Rücken hinauf, brachte sie in die Senkrechte, während er sie mit der anderen hielt. Sie öffnete die Augen und sah ihn komisch an. Er wusste ihren Blick nicht zu deuten, zwinkerte ihr zu, während er die Hand von ihrer Taille nahm, und sie doch schnell wieder zurücklegte, weil er fühlte, dass sie fallen konnte, dass sie sich auf diese seine stützende Hand verließ. Nach wenigen Sekunden entwand sie sich seiner Berührung, und es war kurz peinlich zwischen ihnen, weil es keinen Sinn mehr für ihre Haltung gab, weil sie völlig alleine stand, und er immer noch seine Hand stützend in ihrem Rücken hatte wie so ein Idiot, der sich einer Frau aufdrängt, die kein bisschen schutzbedürftig ist.

Immer noch sang der Sänger »Take on Me«. Immer noch standen sie zwischen Bett und Fenster, aber dieser merkwürdige Moment war vorbei.

Xandi Lochner zog sich ihren Rock zurecht, fuhr sich durch die Haare, drehte sich um und quetschte sich am Bett vorbei.

Hans sah ihr nach, wie sie auf ihren hohen Schuhen über den grau-grau gemusterten Teppich stakte. Sie sah aus wie ein Käfer, dachte er und wollte es sich für seine Geschichte merken, ein seltener Käfer, der in ein Glas gefallen ist und da wieder raus … mehr dachte er gar nicht, sondern quetschte sich nun ebenfalls am Bett vorbei. Xandi Lochner stand vor dem Sitzmöbel, einem grauen Sessel, dessen Polster kratzig wie eine Polystyrol-Hartschaumplatte war.

Er nahm das Glas Wein.

»Was mgtsdudnn trinken«, sagte er und merkte sofort, dass er die Konsonanten ineinanderschob. Wie ärgerlich. War er denn so betrunken?

Xandi Lochner sah ihn einfach nur an.

»Möchtest du was trinken?«, fragte er.

Sie kniff die Augen zusammen.

Hans war jetzt wirklich etwas schummrig zumute. Komisch, so viel hatte er doch gar nicht getrunken. Vielleicht zu wenig gegessen. Ihm fiel ein, dass er nicht zu Abend gegessen hatte. »Wusstest du, dass …« Huch, er torkelte fast. Kurzer wichtiger Moment der Konzentration. Er setzte sich aufs Bett. »Kennst du Baden …« In seinem Kopf purzelten viele Informationen übereinander. »Den Gitarristen, na, wie hieß er denn. Baden Irgendwas. Kennst du den?«

Xandi Lochner antwortete nicht.

»Den Gitarristen, der in Baden-Baden … Nein? Warte, Baden Powell … Spiel ich dir … Er hat in Baden-Baden gewohnt, ist das nicht unglaublich. Baden – Baden-Baden. Also Baden Powell …«

Xandi Lochner setzte sich neben ihn.

Er zog sein Handy aus der Hosentasche und wusste nicht mehr, was er hatte suchen wollen.

Xandi Lochner saß neben ihm, und er verstand gar nichts mehr. Sendete sie Signale, die er nicht verstand? Sendete sie Signale, die er verstand? Sie sah ihn kritisch an, abweisend, verächtlich sogar, oder? Aber sie saß neben ihm auf einem Bett und machte keine Anstalten zu gehen. Was bedeutete das? Was sollte er tun? Er legte einen Arm um sie. Keine Gegenwehr. Er zog sie an sich. Sie ließ es geschehen. Er brachte sein Gesicht vor ihres, wartete, drückte seine Lippen auf ihre, und sie erwiderte passiv seinen Kuss, und als er eine Hand an ihrer Taille platzierte, vorsichtig, zuckte sie zusammen, gab sich der Bewegung aber hin, erst, als er, davon ermutigt, seine Hand auf ihren Jeansrock legte, entwand sie sich und stand auf.

»Baden Powell«, sagte er. »Kennst du?« Jetzt wusste er wieder, was er hatte suchen wollen, und gab den Namen in sein Handy ein.

»Was machen wir jetzt?«, sagte sie.

Was bedeutete das?

»Warte kurz«, sagte er, »kennst du den nicht? Das ist der tollste Gitarrist aller Zeiten und der hat eben mal in Baden-Baden …«

Und bevor er den Song, den er gesucht hatte, spielen konnte, war sie gegangen, war einfach aus seinem Hotelzimmer spaziert, ohne ein weiteres Wort zu sagen, und ließ ihn verwirrt und erregt und verunsichert und voller Fragen zurück.

18

Um 05:14 ging der erste Zug nach Heidelberg. Hans war schon eine halbe Stunde vorher am Gleis. Sein Auto hatte er in der Hotelgarage zurückgelassen. Er war noch viel zu betrunken, um zu fahren. In seinem Kopf pochte es, und er hatte das Gefühl, Alkohol über die Haut auszudünsten. Er hätte duschen sollen. Und Zähne putzen. Er hatte kein Auge zugetan.

Sein Vater hatte einen Schlaganfall gehabt.

So stand es in der WhatsApp-Nachricht seiner Mutter, die er gelesen hatte, nachdem Xandi gegangen war. Daraufhin war er drei Stunden lang durchs ausgestorbene nächtliche Baden-Baden gelaufen. Es war kein Spazieren gewesen, sondern ein Marsch. Vom Hotel zum Kurhaus über die Oos zum Rathaus, links den Berg hoch, den Berg wieder runter, an einer riesigen Bismarck-Statue vorbei auf die Fußgängerzone und hinter der Trinkhalle auf der anderen Seite den Hügel hoch bis zu einer Kapelle. Er war keinem einzigen Menschen begegnet, erst als er wieder am Hotel angekommen war, war wenigstens die Müllabfuhr unterwegs.

Um halb fünf hatte er ausgecheckt. Die junge Frau an der Rezeption sah aus, als wäre sie noch von letztem Weihnachten geschminkt. Zugekleistert mit Make-up, falsche Wimpern, die ihn an das gezackte grüne Papier erinnerten, mit dem beim Japaner das Sushi dekoriert war, nur in Schwarz. Er gab ihr eine handgeschriebene Nachricht für Niki, in der stand, dass er einen familiären Notfall hatte und ihr das Auto daließ. »Damit du nach Berlin zurückkommst.« Das klang doch gleich viel netter als das mit der Trunkenheit. Beim Auschecken würde ihr sein Autoschlüssel ausgehändigt werden.

Es war immer noch dunkel, als er am Bahnhof ankam. Unglaublich, wie viele Leute um diese Uhrzeit schon auf den Beinen waren. Wer waren diese Menschen? Lasen sie Zeitung, was arbeiteten sie, wovon träumten sie? Er kaufte sich am Kiosk eine Schachtel Zigaretten und stellte sich zum Rauchen in das eigens dafür auf dem Boden markierte gelbe Quadrat am Gleis. Als er sich im Fenster des einfahrenden Zuges spiegelte, strich er sich erschrocken ein paarmal durch die Haare. Und wo bekam er auf die Schnelle ein Pfefferminzbonbon her?

Bis auf vier Nonnen war er der einzige Fahrgast im Erste-Klasse-Großraumwagen. Er verstaute seine Ledertasche im Gepäckfach, setzte sich, bestellte einen Kaffee beim Zugbegleiter, loggte sich mit dem Handy ins Zug-WLAN ein, checkte online ein, dann googelte er: Schlaganfall.

Bei einem Schlaganfall verstopfen oder reißen die Arterien, die das Gehirn versorgen …

… stirbt das Hirngewebe in einem Teil des Gehirns ab …

… Einblutungen in den das Gehirn umgebenden Liquorraum …

… Invaliditätsrate von 30 bis 35 Prozent …

… erhöhtes Risiko einer Demenz …

… stirbt einer von fünf Patienten innerhalb der ersten vier Wochen …

Nichts davon kam infrage.

In allen Porträts über Johann Benedek wurde seine Größe erwähnt, 1 Meter 94. Hans war nicht ganz an sie herangekommen. Sein Vater, er hatte das irgendwann einsehen müssen, so niederschmetternd es war, würde ihn für immer überragen. Nur um wenige Zentimeter, aber dennoch. Dafür war Hans schon mit zwölf größer gewesen als seine Mutter, die 1 Meter 57 maß, Schuhgröße 36. Seine Eltern gaben optisch ein lustiges Paar ab, jedenfalls im Stehen. Aber wehe, man sah sie im Sitzen. Dann wirkte seine Mutter, Roswitha (von Henriette heimlich »der General« genannt), wie eine Riesin, während ihr Mann, Johann Benedek, der vor allem im asiatischen Raum viel gebaut hatte und in Japan sogar auf der Straße erkannt wurde, auf Normalmaß schrumpfte.

Seine Mutter hatte das Sophie-Scholl-Gymnasium in Wieblingen geleitet und dort auch Musik unterrichtet.

Sie war überbordend, aufbrausend, gefühlvoll, dramatisch. »Zu viel Pedal« hatte mal in einer Abizeitung über sie gestanden. Wenn Hans sich ihre Essenz vorzustellen versuchte, wie er es tun würde, müsste er über sie ein Porträt schreiben, hörte er ihr lautes Lachen, fühlte ihre viel zu langen Umarmungen, Umklammerungen eher, und spürte ihren Blick auf sich ruhen. Sie beobachtete ihn oft, ließ ihn nicht aus den Augen. Wenn er etwa bei ihnen in Heidelberg am Küchentisch Zeitung las und plötzlich aufsah, ertappte er sie dabei. Das schien sie nicht zu stören. Sie sah ihn einfach weiter an, ohne zu lächeln, und bevor sie damit aufhörte, strich sie ihm über die Haare oder machte irgendein Kompliment über sein Äußeres. Dass er so glänzendes Haar hatte oder beneidenswert lange Wimpern oder einen wunderschön ausgeprägten Amorbogen (ein Begriff, den er nur von ihr kannte, sie meinte den M-förmigen Schwung, den seine Oberlippe ihrer Meinung nach aufwies).

Henriette konnte Hans' Mutter nicht leiden. Sie war der Meinung, es sei nicht normal, dass eine Mutter derart verliebt in ihren erwachsenen Sohn war. Ihr zufolge war Roswitha eine Narzisstin, die ihr Kind nicht als eigenständige Person wahrnahm, sondern als Verlängerung ihrer selbst. Ihm war diese maßlose Liebe seiner Mutter ja auch etwas unangenehm. Aber wenn er ganz ehrlich war, fühlte er, wenn ihr Blick auf ihm ruhte, auch eine wilde und pochende Bestätigung.

Und was war die Essenz seines Vaters?

Das berühmte Räuspern (berühmt, weil es in jedem Artikel erwähnt wurde).

Das »Ja bitte«, mit dem er sich am Telefon meldete.

Als er jetzt darüber nachdachte, fielen Hans auch noch seine großen Hände ein, die nach Arbeiter aussahen. Am Handrücken schlängelten sich die Adern unter der Haut wie blaue Würmer.

Das kleine runde Grübchen am Kinn (genau wie bei Michelangelo Antonioni).

Die weißen Haare, die unten aus seiner Nase herausragten. Und aus seinen Ohren. Er war eben auch schon Mitte achtzig.

Und dann war da natürlich seine Leidenschaft für Autos.

»Ich glaube, der 200 D müsste mal generalüberholt werden.« »Wer hat den Mercedes genommen?« »Warum geht das Bremslicht nicht mehr?« »Der Kratzer ist neu.« Das waren Auftakte zu ihren intensivsten Vater-Sohn-Gesprächen gewesen.

Jetzt ärgerte er sich, den Fiat in der Hotelgarage gelassen zu haben. Sein Vater kannte ihn noch nicht.

Kurz vor Heidelberg wachte er auf.

Die Nonnen stiegen auch aus, und er stellte sich vor, dass sie in dem schweren Koffer, den er ihnen vom Gepäckfach herunterzuholen half, eine zerteilte Leiche transportierten. Möglicherweise die ihrer Oberschwester, die sie immer schikaniert hatte, bis Schwester

Maria Immaculata eines Tages beim Küchendienst das lange Messer, mit dem sie eben einen Truthahn tranchiert hatte, ergriff und im Affekt ... Ob er vielleicht einen Krimi schreiben sollte? Unter Pseudonym, wie Windisch es vor ein paar Jahren getan hatte. Es war kein Bestseller geworden. Hans hatte ihn nicht gelesen, aus Angst, ihn schlecht zu finden und lügen zu müssen. Er hatte ihm irgendwann dazu gratuliert und gesagt, dass er es fantastisch gefunden habe, was natürlich genauso eine Lüge gewesen war, aber Windisch hatte sich sehr darüber gefreut.

Der Bahnhof war völlig heruntergekommen, die Deckenbeleuchtung ging an vielen Stellen nicht, alle paar Meter flatterte irgendwo eine Taube auf. Im Freien empfing ihn der ohrenbetäubende Lärm der Halsbandsittiche, die die große Platane neben dem Taxistand zu ihrem Schlafplatz erklärt hatten. In der Morgendämmerung schrien sie so laut durcheinander, dass man glauben konnte, sie seien elektronisch verstärkt. Aber es waren einfach nur mehrere Hundert Exemplare einer grasgrünen Papageienart, die eigentlich in Asien und Afrika heimisch war und seit Mitte der Siebziger auch Heidelberg besiedelte. Die ersten Exemplare waren vermutlich aus einem Gehege entflohen. Als Hans ein Kind war, war jede Sichtung noch eine Riesensensation gewesen. Inzwischen waren sie hauptsächlich ein Ärgernis. Unter ihrem Baum sah es verwüstet aus. Alles kotbesprenkelt, überall abgenagte Ästchen und Blätter. Es wirkte wie ein Überfall einer wilden Horde aus der Luft.

Hans stellte sich in einigem Abstand auf den Fußgängerweg und zündete sich eine Zigarette an. Im Schaufenster hinter ihm, das zum Presseshop des Heidelberger Hauptbahnhofs gehörte, war unter anderem auch Lothar Herzigs Buch ausgestellt. Dass ihm das nicht peinlich war, sein Foto auf dem Cover. Er sah darauf leicht von unten in die Kamera, einen verschmitzt fragenden Ausdruck im Gesicht. Seine Haare waren wilder verwuschelt, als Hans es an ihm kannte, er trug ein weißes T-Shirt, das recht eng anlag und seinen durchtrainierten Oberkörper zur Schau stellte. »Too Young To Die – jetzt erst recht« stand in roten Blockbuchstaben über seinem Gesicht. Der Untertitel – »Der Bestseller, der unsere modernen Nerven beruhigt« – war pink. Und unten stand noch in leuchtendem Orange »Von Wellnesscoach und Work-Life-Balance-Guru Lothar Herzig«. Also beruhigend sah es nicht gerade aus, aber es fiel auf.

Hans trat seinen Zigarettenstummel aus und lief zu den Taxis.

»In die Uni-Klinik bitte, Abteilung Innere Medizin, die Adresse ist, Moment bitte …«

»Hajo, die müssen Se mer net sagen«, sagte der Taxifahrer im vertrauten Singsang von Hans' Kindheit. »Da haben wir doch alle schon jemand lieschen ghabt.«

Er fuhr so rasant, als glaubte er, es gehe um Leben und

Tod. Ging es das? Hans saß hinten wie ein kleiner Junge und sah aus dem Fenster. Kastanienzeit. Es würde ein schöner Tag werden, die Bäume leuchteten grün und orange in der Morgensonne. Auf der Neckarbrücke staute sich der Verkehr. Breit wie der Nil zerschnitt der Fluss die liebliche Hügellandschaft, von der seine Mutter ihm als Kind hatte weismachen können, es seien schlafende Riesen, die es sich am Rande des Neckars gemütlich gemacht hatten. Damals, als er noch Sleeper trug, seine Schwester noch lebte, und er pünktlich zu »Ois Bonanza?« ein Glas warme Milch mit Honig serviert bekam. (Und sollte Haut obendrauf sein, konnte er es zurückgehen lassen und bekam die Milch noch mal neu gemacht.)

Vor dem Bunsengymnasium, seiner ehemaligen Schule, war es noch leer. Wie immer an diesem Ort überkam ihn eine Woge der Erleichterung, nicht mehr Schüler zu sein.

Sie fuhren an Läden für Bestattungen, Rollrasen und Tee vorbei, schon wieder Tee. Seit wann waren die Deutschen eine Teenation?

Irgendwann stellte der Taxifahrer das Radio an, es sei der wärmste Oktober seit Beginn der Aufzeichnungen, sagte die Sprecherin genauso unbeeindruckt, wie sie direkt im Anschluss die neu gemeldeten Blitzer durchgab.

Das Krankenhaus war direkt neben dem Zoo, was Hans vergessen hatte und ihm jetzt, wo sie an den Schildern mit den gefährdeten Tierarten vorbeifuhren, wie ein Symbol für irgendetwas vorkam. Aber für was? Er fühlte sich dreckig, hätte gerne das Hemd gewechselt, aber er hatte kein zweites dabei. Die Schranke ging hoch, und sie fuhren aufs Gelände, wo der Fahrer links abbog, zu einer Rampe, die in ein Tiefgeschoss führte, von der es direkt in den modern verglasten Eingangsbereich ging. »Hier ist der Empfang, da müssen Sie sich anmelden.« Als er die Quittung nach hinten reichte, zwinkerte er Hans tröstend zu.

Der Pförtner war gerade am Telefon.

Wo musste er denn eigentlich hin?

»Entschuldigen Sie, wo würde ich denn jemanden finden, der gestern Nacht hier mit einem Schlaganfall eingeliefert wurde?«, fragte er eine Schwester, die gerade vorbeikam.

»Wie ist denn der Name?«

»Benedek.«

»Die sind nicht mehr hier«, rief sie ihm zu, ohne stehen zu bleiben, »die sind schon wieder heim.«

19

Er lief den ganzen Weg nach Handschuhsheim. Wie konnte es sein, dass sein Vater schon wieder zu Hause war? Bei einem Schlaganfall, er hatte es doch gerade erst nachgelesen, war man oft Wochen im Krankenhaus. In welcher Verfassung mochte er sein? Seine Mutter ging nicht an ihr Handy. Schliefen sie? Es kam ihm sogar der Gedanke, dass er am Ende gestorben war, aber das hätte die Schwester doch gewusst, das hätte sie doch gewusst. Erst oben an der Kreuzung zum Neulichweg blieb Hans stehen. Der Weg auf den Heiligenberg stieg steil an, er war völlig aus der Puste. Unbegreiflich, dass ihm als Kind nie aufgefallen war, wie dörflich es hier war, dachte er, eigentlich wie in den Bergen. An den Hängen wuchs Wein, auf dem Gehweg trat man alle paar Meter in matschige Pflaumen, er war an mehreren Gärten vorbeigekommen, in denen Hühner gehalten wurden. Inzwischen war es hell, viel heller als um diese Uhrzeit in Berlin. Oder überhaupt jemals. Er schulterte seine Tasche, ging weiter, bog links in die Heiligenbergstraße. Hinter der zweiten Garage ging es eine Steintreppe nach oben, zum Haus seiner Eltern, in dem er aufgewachsen war. Ein Sechzigerjahre-Bungalow, zu dem ein Gartengrundstück gehörte, aus dem seine Mutter eine Art privaten botanischen Garten gemacht hatte, dessen Vervollkommnung immer in der Zukunft lag. Jede Pflanze war mit einem kleinen Schild beschriftet, in ihrer Handschrift, wetterfest laminiert. Zwei Mal die Woche kam ein Gärtner vorbei. Jedes Mal, wenn Hans zu Besuch kam, war wieder etwas neu. Das Rosenbeet zum Beispiel war früher weiter vorne gewesen, auch das Schilf vor der Terrasse hatte er noch nie gesehen. Nur die riesige Blautanne hinten am Zaun zu den Nachbarn war immer gleich. Als Kinder hatten sie die gestorbenen Haustiere darunter begraben. Goldfische, Meerschweinchen, eine Katze und eines schwierigen Tages sogar Corbi, ihren geliebten Hund.

Im Haus brannte kein Licht. Er hatte den Schlüssel nicht dabei. Konnte er es wagen zu klingeln? Was, wenn sein Vater dann aus dem Schlaf schrecken würde. Falls sein Vater schlief. Falls er noch lebte. Falls seine Eltern überhaupt hier waren, aber wo sollten sie sonst sein? Ob sonst noch jemand da war? Er klopfte zart. Nichts regte sich.

Hans ging ums Haus herum. Von der Gartenseite aus konnte man ins Wohnzimmer sehen. Alles war dunkel. Auf dem Gio-Ponti-Couchtisch – eine ovale Glasplatte auf drei Mahagonifüßen – stapelten sich Bildbände. In der Vase daneben blühte etwas, das nach japanischer

Kirsche aussah. In Dieters Regal (gemeint war Dieter Rams, ein guter Freund seiner Eltern) stand alles an seinem Platz. Es sah perfekt aus, wie immer. Als wäre jederzeit damit zu rechnen, dass jemand klingeln und für ein Design-Magazin Fotos machen würde. Oft genug war das geschehen. In Art-Direktoren-Kreisen war der Bungalow seiner Eltern bekannt. Der »Benedek-Bungalow« galt als beispielhaft dafür, wie man Designklassikern zu neuem Reiz verhalf. Bebildert war das dann mit dem Kuhfell, auf dem der Gio-Ponti-Table hier stand. Oder der Janette-Laverrière-Couchlandschaft, die als Raumtrenner diente. Oder den afrikanischen Kissen, die auf dem Mies-van-der-Rohe-Daybed lagen, auf dessen geflochtener Ledermatratze sich seine Mutter gerne die Schuhe zuband.

Auf einmal waren innen Schritte zu hören. Seine Mutter tauchte im Türrahmen auf, kam auf ihn zu, kopfschüttelnd, mit erhobenen Händen. Sie trug einen Kimono über ihr Nachthemd gewickelt. Mit energischen kleinen Schritten durchquerte sie das Wohnzimmer, schob einen Hebel nach oben und öffnete die Terrassentür.

»Hänschen, uns so zu erschrecken«, sagte sie und ließ sich von ihm umarmen. »Warum klingelst du denn nicht, wie jeder andere normale Mensch auch?«

»Ich wollte euch nicht wecken ... Wie geht's Papi?«

»Ich bin immer früh wach«, sagte seine Mutter vorwurfsvoll. »Komm doch rein. Ist dir nicht kalt? Warum trägst du keine Jacke? Was machst du überhaupt hier? Und so früh. Bist du allein, wo sind Henriette und Emma? Schön dich zu sehen, bist bisschen blass um die Nase, isst du genug?«

Er folgte ihr ins Wohnzimmer. Sie schloss die Tür, umschlang ihren eigenen Oberkörper mit beiden Händen, als befolgte sie die Regieanweisung »sie fröstelte«. Mit Zähneklappern.

»Ist dir kalt?«, fragte er folgsam.

Natürlich würde sie nicht darauf antworten, ihre Art der Kommunikation folgte ihren eigenen Gesetzen.

»Wo ist Papi, wie geht's ihm?«

»Der ruht sich aus. Ich mache dir jetzt einen Kaffee, und dann gehen wir zu ihm.«

Natürlich machte er dann den Kaffee, während seine Mutter mit angezogenen Beinen auf einem Sechzigerjahre-Barhocker saß und sich die Füße rieb, an denen sie immer fror. Sie leitete die Unterhaltung. Ob er wisse, dass er einen Fleck auf seinem Hemd habe? Tatsächlich. So was Dummes, sein Kugelschreiber war ausgelaufen, wann war das denn passiert? Er zog ihn heraus und warf ihn in den Müll. Ob er abgenommen habe? Ob es einen Grund dafür gebe, dass Emma sich nie bei ihr melde.

»Ach komm, sie ist dreizehn.«

»Ja, eben. Alt genug, sich bei ihren Großeltern zu melden, nein?«

Er schäumte Milch auf, goss sie vorsichtig in die angewärmte Tasse, kippte einen Espresso hinein und reichte seiner Mutter den bestellten Cappuccino.

»So, jetzt sag aber mal, wie geht's ihm? Ich war in der Klinik, aber da wart ihr nicht mehr. Ich möchte jetzt bitte wirklich wissen, was los ist.«

Auf einmal, es hatte sich durch nichts angekündigt, verzog sich das Gesicht seiner Mutter zu einem Ausdruck, den er an ihr noch nie gesehen hatte, und sie sprang von ihrem Hocker und lief aus dem Zimmer. Hans nahm seine Tasche und folgte ihr.

Sie stand vor dem Schlafzimmer, die Arme hinter sich gegen die Tür gepresst. »Ich möchte nicht, dass du ihn so siehst«, flüsterte sie.

»Was ist denn mit ihm?«, flüsterte Hans.

Regungslos bewachte sie die Tür.

»Was ist denn mit ihm?«, wiederholte er, immer noch im Flüsterton.

»Er hatte einen Schlaganfall, Hans«, flüsterte sie vorwurfsvoll, »er ist noch sehr schwach.«

»Aber wieso seid ihr dann nicht im Krankenhaus?«

»Es war ein Mini-Schlaganfall. Dein Vater hat darauf bestanden, nach Hause zu gehen.«

Mini-Schlaganfall. Auch darüber hatte er gelesen. Auch ein Mini-Schlaganfall wurde als medizinischer Notfall eingestuft. Die Wahrscheinlichkeit, in nächster Zeit einen großen Schlaganfall zu erleiden, war deutlich erhöht. Ein Mini-Schlaganfall galt als Vorbote eines großen.

»Du wartest hier«, sagte seine Mutter. Sie hielt sich den Zeigefinger an den Mund, wandte sich um und öffnete leise die Tür. Im Schlafzimmer brannte gedimmtes Licht, so viel konnte Hans sehen, bevor seine Mutter die Tür hinter sich zuzog. Sofort öffnete sie sie wieder. »Zehn Minuten«, flüsterte sie und zog die Tür wieder zu.

Hans ging den Flur hinunter. Vor dem Zimmer seiner Schwester beschleunigte er, wie üblich, seine Schritte. Er hatte es nie wieder betreten. Es war wohl immer noch genauso eingerichtet wie am Tag ihres Todes. Sie war 16 gewesen, Hans neun. Die Tür war immer geschlossen. Es war wie ein verbotenes Zimmer, das seiner Mutter alleine gehörte. Henriette stellte ihm manchmal eine Frage über Marthe, was ihn durcheinanderbrachte, weil es ihn jedes Mal aufs Neue unvorbereitet traf. Er hatte den Tod seiner Schwester tief in seinem Innersten vergraben und eine Höllenangst davor, jemals daran rühren zu müssen. Und vielleicht müsste er das ja auch gar nicht, hoffte er.

Der Bungalow hatte die Form eines L. Sein Zimmer, also sein Jugendzimmer, befand sich im kurzen Teil, wo auch der Eingang war. In seiner Teenagerzeit war das praktisch gewesen, weil er so kommen und gehen konnte, ohne dass es jemand bemerkte. Früher war seine Tür außen wild mit Aufklebern übersät gewesen, was sein Vater gehasst hatte, wie alles, was nicht akkurat gerade und symmetrisch war. Nach seinem Auszug waren alle Türen im Haus erneuert worden, sodass das Bild der mit heruntergekratzten Aufklebern übersäten, überstrichenen Tür heute nur noch eine Erinnerung war. Seltsamerweise eine, an der er hing.

Seine Mutter hatte sein Zimmer zu einer Art Lager umfunktioniert. Es standen alle Möbel darin, die sie sonst nirgends unterzubringen wusste. Und so gab es darin viele Stühle, eine Chaiselongue und zwei Schlafsofas, allerdings kaum Platz zum Gehen oder Stehen. Der alte Bauernschrank hinter der Tür war noch aus Hans' Kindheit. Ein Erbstück der Großmutter mütterlicherseits, deren Familie aus dem Allgäu kam. Er war abschließbar, der Schlüssel steckte. Alles darin gehörte Hans, der bei jedem Besuch Stunden damit zubrachte, in den Fächern nach seiner Jugend zu suchen.

Und was hatte er hier nicht alles schon gefunden. Ein vollständiges »Captain Future«-Panini-Stickeralbum. Ein unvollständiges »The A Team«-Panini-Stickeralbum. Einzelne Panini-Fußballspieler-Sticker ohne das dazugehörige »Espagna 82«-Heft, darunter vier Mal Paul Breitner. Rührend unschuldige italienische Softporno-Magazine. Mehrere Ausgaben des Magazins »Windsurfing«, alle mit ausgerissenen Seiten, weil er Bilder seines Helden, des hawaiianischen Windsurfing-Weltmeisters Robby Naish, für Collagen verwendet hatte. Seine Tauch-Taschenlampe. Eine Eintrittskarte zu einem Run-DMC-Konzert, bei dem

Public Enemy Vorgruppe gewesen war. Und natürlich jede Menge Skizzenblöcke, bis zur letzten Seite vollgemalt.

DEK ONE – so war sein Sprayername gewesen. Seine Werke hatten sich durch Komplexität ausgezeichnet. Er hatte sich jedenfalls nicht mit banalen Bubble-Outlines zufriedengegeben, sondern Schriftzüge entwickelt, bei denen sich die Buchstaben ineinander verschränkten oder auseinander hervorwuchsen, sodass nicht der Inhalt des jeweiligen Wortes im Vordergrund stand, sondern das Design. Abgeguckt hatte er sich seinen Style bei der New Yorker Graffiti-Legende Futura 2000, dessen Schriftgebilde aussahen wie technische Skizzen von raffinierten wundervollen Maschinen.

Hans zog einen Leitz-Ordner aus dem Schrank. 1988 stand darauf, mit schwarzem Edding geschrieben. Auf den Seiten klebten Fotos seiner Werke: mehrere TTBs (Top-to-bottoms) der Rhein-Neckar-S-Bahn. Eine Friedenstaube mit Joint im Schnabel vor den jamaikanischen Nationalfarben, die er ans Bunsengymnasium gesprüht hatte (und die leider wie ein Friedenshuhn aussah). Und sein größter Triumph: ein TTB der Heidelberger Bergbahn. Mehrere Tage lang war sie in seiner Bemalung in Betrieb, beförderte Fahrgäste vom Kornmarkt auf den Königstuhl, die beim Blick aus dem Fenster nichts als sein seitenverkehrtes Piece sahen. *Peace 2 the world* hatte er geschrieben, in Rottönen auf silbernem Hintergrund.

Er legte das Album wieder zurück in den Schrank und

zog eine Schublade auf. Eine Sprühdose rollte nach vorne. Er nahm sie heraus. *Sparvar Farb-Spray mit Rostschutz, glänzend tiefschwarz.* Das Logo mit den fünf bunten Kreisen, die zusammen eine Art Blume ergaben, ließ sein Herz schneller schlagen. Er schüttelte sie. Das Klackern der Metallkugeln, die in der Dose die Farbe aufmischten, das Gewicht in seiner Hand, es war alles noch so vertraut. Er schloss die Augen und malte mit der geschlossenen Dose seinen Namensschriftzug in die Luft. Hans steckte die Dose ein und setzte sich auf einen der Stühle. Er nahm einen Stift aus der Tasche und blätterte sein Moleskine auf. Er schrieb sofort los: »Am gestrigen Tag waren 300 Senioren in Baden-Badens idyllischem Kurhaus live dabei, als ein ganz Großer des Showgeschäfts abdankte. Man kann, *muss* vielleicht sogar eine junge Feministin namens Xandi Lochner als seine Nemesis bezeichnen, auch wenn man nicht umhin…«

»Hänschen?«, rief seine Mutter. »Du kannst jetzt zu ihm.« Er rannte den Flur hinunter, seine Mutter stand an der Tür und ließ ihn dann allein.

Leise durchquerte er das halbdunkle Schlafzimmer und setzte sich aufs Bett, ganz außen an die Kante, mit reichlich Abstand zu seinem Vater, der auf dem Rücken lag, beide Arme über der Bettdecke ausgestreckt, die tadellos glatt gezogen war. Sein Gesicht sah wächsern aus. Um seine Augen herum schimmerte seine Haut blau.

»Hans, wie schön.« Sie sagten beide eine Weile nichts,

aber Hans ging viel durch den Kopf, und er hatte das Gefühl, dass es seinem Vater genauso ging. In Gedanken waren sie miteinander im Gespräch. Es waren große Themen, die größten überhaupt. Leben und Tod, Vater und Sohn. Hans spürte immer stärker den Wunsch, seinen Vater zu berühren. Irgendwann nahm er all seinen Mut zusammen und legte seine Hand auf die des Vaters. Die Geste kam ihm sofort falsch vor. Zu kitschig, wie in einem Hollywoodfilm. Sein Vater zog seine Hand auch sofort weg.

Er schien etwas sagen zu wollen. Hans wollte ihm helfen, sich aufzurichten, aber sein Vater bedeutete ihm, dass er dies nicht wünschte. Hans blieb also sitzen, die Hände auf den Oberschenkeln abgelegt. Was würde nun kommen? Was wollte sein Vater ihm sagen? Er war aufgeregt. Er wollte sich alles merken. Wer wusste, wie lange sie sich noch haben würden. Die Möglichkeit eines Endes stand ja mit einem Mal unübersehbar im Raum.

Sein Vater räusperte sich, bevor er endlich sprach.

»Ich wollte dir schreiben, Hans.«

»Ja?« Vor lauter Aufregung war seine Stimme ganz hoch.

»Nun sage ich es dir eben hier. Es ist gut, dass du da bist.«

Erneutes Räuspern. Hans saß in stummer Erwartung da.

Und dann sagte sein Vater, dass die Theorie mit den Treppenstufen völliger Humbug sei. Hanebüchener Unsinn. Wie er überhaupt darauf käme. Und dass seine, Hans' Zeitung ohnehin immer schlechter werde, er schreibe nicht einmal mehr Leserbriefe, es lohne die Mühe nicht. »Bitte, Hans, in Zukunft nicht mehr so einen Unsinn. Nicht mit meinem Namen.«

Und das war das.

20

Es lag ein seltsamer Geruch im Foyer, als Hans am Nachmittag wieder in die Redaktion kam. Der Pförtner, ein älterer Mann, dessen Name Hans sich nie gemerkt hatte (und von dem es hieß, er sei bei der Stasi gewesen), sagte, er rieche nichts, aber es seien zwei Frauen da, die mit ihm verabredet waren. Er habe sie schon mal hochgeschickt. Mit heißem Schreck fiel Hans ein, dass er vergessen hatte, Frau Kramer zu sagen, sie solle den zwei Verlagsvertreterinnen wieder absagen, die irgendwann per Mail für den heutigen Tag ihren Redaktionsbesuch angekündigt hatten, um ihm das Programm ihres Buchverlags persönlich vorzustellen, als könnte er keine Vorschauen lesen. So ein Mist. Er stolperte in den Aufzug und drückte vor lauter Ärger über sich selbst versehentlich den Knopf für den dritten Stock, in dem er dann ewig warten musste, bis sich die Kabine mit einem Ruckeln wieder in Bewegung setzte, um die eine noch verbleibende Etage höher zu fahren. In der engen Fahrstuhlkabine war der Geruch fast unerträglich. War das auch wieder so ein neues Parfüm? Hans schnupperte in die Luft. Es roch wie Blumen, die schon eine Woche zu lang in der Vase standen und deren Stängel allmählich vor sich hin moderten. Ja, irgendwie roch es nach Tod.

Die Zugfahrt war grauenhaft gewesen. Sein Handy war leer, er hatte kein Ladekabel dabei, kein Buch. Nichts, um sich abzulenken. Er versuchte, das Treffen mit seinem Vater zu verdrängen, seit er die Tür zum Elternschlafzimmer wieder hinter sich geschlossen hatte. Noch immer brannten ihm die Ohren, wenn er daran dachte. Er dachte die ganze Zeit daran.

Im vierten Stock angekommen, strich er sich durch die Haare und nahm die Haltung eines selbstbewussten erfolgreichen Feuilletonisten an. »Verzeihung«, rief er laut durch den Flur. In wenigen raschen Schritten hatte er seine offen stehende Bürotür erreicht. Er hielt sich im Rahmen fest, steckte den Kopf hinein und schenkte den beiden Frauen, die stumm auf dem Ledersofa saßen, das seinem Schreibtisch gegenüberstand, ein gewinnendes Begrüßungslachen. »Hier bin ich. Kaffee, Tee? Was darf ich Ihnen bringen?«

Wenig später kehrte er mit einem Tablett, auf dem zwei Fläschchen Mineralwasser, Gläser und eine Tasse Redaktionsfilterkaffee standen, wieder zurück. Er hielt das Tablett so, dass es den Tintenfleck auf seinem Hemd verdeckte, der ihm wieder eingefallen war, und verteilte die Getränke. Er zog seinen Bürostuhl zum Sofa und schnappte sich im Setzen ein Feuilleton vom Zeitungsstapel auf seinem Schreibtisch, das er sich so natürlich wie möglich vor den Fleck hielt.

»Gut, also, dann wollen wir doch mal schauen, was es im Herbst so an literarischen Höhepunkten gibt«, sagte er in Richtung der Frau, die Kaffee wollte. Jetzt erst fiel ihm auf, wie sehr sich die beiden ähnelten. Nur schien die eine älter zu sein. Oder? Er sah von der einen zur anderen. Ob sie Mutter und Tochter waren? Sogar ihre Frisuren waren gleich. Beide hatten mittellanges aschblondes Haar. Beide trugen Brille. Die der einen war in schwarzes Horn gefasst, die der anderen auch.

»Sekunde, ich mach mal ganz kurz …«, sagte er, und war schon beim Fenster. Eigentlich wollte er es nur kippen, machte es dann aber ganz auf, denn der Geruch aus dem Fahrstuhl war ihm wieder in die Nase gestiegen. »Riechen Sie das?«

»Nein, ich rieche nichts«, sagte die eine.

»Ich rieche auch nichts«, sagte die andere.

Die mit dem Kaffee hatte die Programmvorschau ihres Verlags auf den Knien. Zwischen den Seiten spitzten bestimmt dreißig kleine gelbe und rosafarbene Post-its hervor. Er musste etwas unternehmen. Während die Jüngere nun sagte, dass sie sich sehr freuen würden, dass er Zeit habe, und noch irgendwas Langweiliges, sprang er auf und lief zu seinem Computer. Er machte seinen Besucherinnen deutlich, dass er zuhörte, signalisierte aber durch den kurz in die Luft gestreckten Zeigefinger der linken Hand, dass er soeben noch kurz ... etwas Wichtiges ... sofort wieder. Er schrieb Frau Kramer eine Mail, dass sie ihn bitte dringend in zehn Minuten erretten solle, und sah, während er wieder zurück zu seinem Stuhl lief, kurz auffällig auf seine Armbanduhr, eine Geste, die seinen Besucherinnen galt, da er ganz genau wusste, wie viel Uhr es war. Was aber die beiden Damen vielleicht nicht wussten und möglicherweise einem geschäftigen Blick auf eine teure Armbanduhr entnehmen würden, war, dass er ein Mann war, der nicht ewig Zeit hatte. Nun nahm er eine entspannte Beinhaltung ein, und lehnte sich, die verschränkten Arme an den Oberkörper gepresst, um den Fleck zu verbergen, in seinem Stuhl an, wobei er der Jüngeren, die immer noch sprach, ab jetzt seine ungeteilte Aufmerksamkeit schenkte.

Sie sah wirklich genauso aus wie die andere. Aber in ihrer Kleidung fanden sich Unterschiede, die er nun zusammensuchte, ähnlich wie er früher die »Original & Fälschung«-Rubrik in der »Hörzu« gerne gelöst hatte, wo zwei Gemälde untereinander gezeigt wurden, in der es einige wenige zu entdeckende Abweichungen gab. Seine Großmutter hatte die »Hörzu« immer für ihn aufgehoben, und wenn er zu Besuch in Kaufbeuren gewesen war, hatte er andächtig im vom Zigarettenrauch eingenebelten Wohnzimmer seiner Großeltern dieses Rätsel gelöst, andächtig und ein wenig benommen.

Hier nun verhielt es sich so: Die eine trug unter ihrer dunkelblauen Strickjacke ein Hemd, die andere trug unter ihrer dunkelblauen Strickjacke ein T-Shirt mit Aufschrift, aber da hatte sie gerade das Verlagsprogramm davor. Beide trugen Jeans, die eine war etwas heller als die andere. Beide hatten die Sorte Schuhe an, die Frauen tragen, die beim Hintersichherziehen eines Rollkoffers ein vorwurfsvolles Klack Klack Klack Klack in Innenstädten erzeugen.

»... besonders einen Titel, von dem wir glauben, dass er etwas für Sie wäre.«

Hans nickte. Ihm war aufgefallen, dass die mit dem T-Shirt größere Brüste hatte als die andere, aber daran würde er sie nicht auseinanderhalten können, denn er hatte bemerkt, dass Frauen heute sofort wahrnahmen, wenn man ihnen auf die Brüste sah. Und das auch zeigten. Ihr Blick folgte dem des ihnen auf den Busen Schielenden, was zwei Gründe haben konnte. Entweder waren sie unsicher, ob sie dort einen Fleck hatten (an dieser Stelle presste er seine Arme wieder fester gegen sein Hemd, Mist, wo hatte er denn das Feuilleton gelassen?). Oder aber sie wollten, dass man wusste, dass sie wussten, dass man hinsah. Dann wäre es als Tadel gemeint. Als Warnung. Obacht, I see you. Oder aber, in diesem Augenblick fiel ihm noch eine dritte Möglichkeit ein: Oder aber sie dachten niemals daran, dass sie Brüste hatten, weshalb sie aus einem Reflex reiner unverstellter Neugierde dem Blick eines Betrachters folgten. Hoppla, was war dort wohl zu sehen? Bestürzenderweise wusste Hans sofort, dass Möglichkeit drei die zutreffende war. Oh mein Gott, dachte er. Sollten Frauen tatsächlich vergessen haben, dass sie Brüste hatten?

Ihm war nämlich auch schon aufgefallen, dass es selbst Frauen, die ein T-Shirt mit aufgedruckter Schrift trugen, wie diese hier, zu wundern schien, wenn man ihnen auf die Brustgegend sah. Also, da stand etwas und man sah dorthin, um es zu lesen, denn dafür stand es doch da oder nicht, und während man gerade ansetzte, die Botschaft zu entziffern, traf einen schon dieser Blick. Und man fühlte sich ertappt wie ein perverser Spanner, der man ja in diesem Moment aber gar nicht war, da man einfach nur versucht hatte, etwas zu lesen, exakt so, wie man es als kleiner Junge an Straßenschildern, Zeitungskästen und der Hinterseite der Cornflakesschachtel geübt hatte, in der Hoffnung, eines Tages ein vollwertiges Mitglied der Gesellschaft zu sein.

»... und Miriam Agwuegbo ist eben gebürtige Chemnitzerin«, sagte die mit dem T-Shirt, während die andere ihren Katalog, den sie soeben aus einer Tasche gefischt hatte, an einer Stelle öffnete, die mit einem grünen Post-it markiert war. Sie zeigte Hans die Doppelseite. Er summte zustimmend, während er sich das Foto der Autorin ansah. Sie war dunkelhäutig. Sagte man noch schwarz? Farbig wohl nicht mehr, obwohl das irgendwann mal politisch korrekter gewesen war als schwarz, aber er hatte kürzlich erst in der »New York Times« gelesen, dass *coloured* im amerikanischen Kontext wahnsinnig rassistisch sei, das galt vermutlich auch für die deutsche Übersetzung. Aber schwarz? War das nicht beleidigend? Wer war schon schwarz? Also *schwarz*? Eigentlich müsste es braun heißen, und anstatt weiß auch besser etwas anderes, seine eigene Hautfarbe zum Beispiel wies exakt dieselben Farbtöne auf wie eine Foie gras: von Altrosa über Beige war bis zu dunklen Gelbtönen alles dabei, und doch hieß es nach wie vor weiß, wie er ja wohl nur zu gut wusste, er, ein alter weißer Mann, oder ein mittelalter, jedenfalls weiß. Also war anzunehmen, dass schwarz noch das gängige Wort war. Oder *rassifiziert*? Darüber war er neulich in einer linken Tageszeitung gestolpert, wo sich ein Autor mit dunkler Hautfarbe selbst so genannt hatte, aber das konnte nicht ernst gemeint gewesen sein. Das war doch, wovon man wegwollte. Nein, von rassifiziert würde er die Finger lassen. Halt, jetzt fiel es ihm ein: PoC sagte man heute, People of Color. Aber auch in einem deutschsprachigen Kontext? Und wenn ja, dann wie? Wie ging ein normaler Satz mit PoC auf Deutsch? Oder war es BIPoC? Das klang allerdings sehr nach Bankverbindung. Zu dumm, jetzt fiel ihm der Name der Chemnitzer Autorin nicht mehr ein, Agabebu?

»Wirklich erstaunlich, dass sie schon wieder einen neuen Roman fertig hat«, sagte er und deutete auf das Autorinnenfoto.

»Schon wieder?«, sagte die eine der beiden Verlagsfrauen.

»Es ist Miriam Agwuegbos Debüt«, sagte die andere.

Aber Hans war sich ganz sicher, erst kürzlich über den Roman einer dunkelhäutigen Autorin gelesen zu haben, die in der ehemaligen DDR groß geworden war. »Aber ich habe ihr Buch davor gelesen«, sagte er, obwohl er nur die Rezension, nicht das Buch gelesen hatte. »Hat mir sehr gut gefallen.«

Die beiden Frauen sahen ihn fragend an.

»Doch«, sagte er. »Das ist noch nicht so lange her. Ist doch fabelhaft, dass sie so schnell nachlegt. Überhaupt finde ich es großartig, dass endlich auch People of Color aus den neuen Bundesländern im Literaturbetrieb Fuß fassen.«

Die beiden Frauen wechselten einen Blick.

»Das war wirklich überfällig. Denn People of Color sind aus der Geschichte der DDR ja nicht wegzudenken.« Ihm fiel ein Artikel ein, den er mal nicht gelesen hatte, in dem es laut Vorspann um junge Westafrikaner gegangen war, die zum Studium in die DDR gekommen waren. Und die Kinder, die infolgedessen entstanden. Das war auch das Thema im ersten Buch dieser Autorin gewesen, glaubte er. »Ist ja eine kuriose Fußnote der Geschichte, dass Westafrika und die DDR …« Die Art, wie die beiden Frauen ihn ansahen, verunsicherte ihn. Er fuhr sich durch die Haare. Wie viel Uhr mochte es sein? Wann würde Frau Kramer endlich kommen?

»Miriam Agwuegbo wurde 1992 in Chemnitz geboren«, sagte die ältere der beiden Frauen kühl. »Da gab es die DDR schon nicht mehr.«

»Es hätte sonst auch Karl-Marx-Stadt geheißen«, sagte die jüngere, und jetzt, erst in diesem Moment, meinte er in ihrer Aussprache eine zarte sächsische Färbung zu hören. »Und wie ich bereits sagte, ist Hautfarbe nicht ihr Thema.«

»Natürlich«, sagte Hans schnell und nickte, »natürlich nicht.«

»Sie ist eine queere Autorin und beschäftigt sich, wie gesagt, mit Transsexualität im akademischen Diskurs«, sagte die ältere. »›*In‹ ist ihr Debüt.«

Und während Hans nickte und zu verstehen versuchte, was da gerade schiefgelaufen war, dass er nun wie ein Rassist dastand, nahm die andere endlich ihren Katalog von den Knien, und er konnte lesen, was auf ihrem T-Shirt stand: »Anything You Can Do, I Can Do Bleeding«. Endlich tauchte Frau Kramer im Türrahmen auf und kündigte ihm an, dass sein nächster Termin vorgezogen sei und er bitte dringend kommen müsse, und Hans fühlte sich wie ein Versager vor seinem Besuch, den er nun in dieser Situation entließ, mit diesem Eindruck, den er nicht würde gutmachen können.

Unbedingt wolle er ein Rezensionsexemplar von »In«, sagte er und korrigierte sich sofort selbst, »*In«. Es klang wie über einen versteckten Mini-Rülpser hinweg gesprochen. Er sei schon rasend gespannt auf die Lektüre, das Thema interessiere ihn sehr. Ob er ihnen von Frau Kramer noch einen Kaffee bringen lassen könne, fragte er, schon im Gehen. Und erst als die Ältere der beiden, die mit dem Hemd und den kleineren Brüsten, daraufhin sagte, nein danke, sie sei fein, da erst hatte er sich wieder im Griff, denn Menschen, die »ich bin fein« sagen, konnte man nicht ernst nehmen.

21

»Sind sie weg?«, flüsterte Hans Frau Kramer zu, als die mit einem Packen frisch kopierter Unterlagen wieder in ihr Büro kam.

»Mein Gott, haben Sie mich jetzt erschreckt«, sagte Frau Kramer und legte sich eine Hand aufs Schlüsselbein.

Er hatte es sich die letzte halbe Stunde mit einem Stapel Magazine in ihrem Büro bequem gemacht. Er hatte keine Ahnung gehabt, dass es den »Stern« noch gab.

»Ja, sie sind weg. Aber was machen Sie noch hier? Hat Sie meine Nachricht nicht erreicht?«

»Mein Handy ist aus«, sagte er. »Ich muss es erst aufladen.«

»Ach so, Sie haben Ihr Handy nicht. Waren Sie dann jetzt auch nicht online?«

»Nein, wieso. Ist irgendwas?«

Sie sah ihn mitfühlend an.

»Was ist denn?«

Frau Kramer kehrte ihm den Rücken zu, legte den Packen Papier mit Schwung auf dem Schreibtisch ab und nahm den Telefonhörer in die Hand. »Herr Windisch erwartet Sie im Café Einstein. Ich sage ihm, dass Sie unterwegs sind.« Schon tippte sie die Nummer ein.

Hans stand auf.

Auf dem Gang kam ihm seine Kollegin Karen Rammesacker entgegen. Als sie ihn sah, blieb sie stehen. Sie hatte ihr Handy in der Hand. »Mensch, Hans«, sagte sie. »Das tut mir so leid.« »Du, ich kann gerade nicht … aber danke, danke, wir sehen uns«, rief er ihr im Vorbeilaufen zu. An der Tür zum Treppenhaus drehte er sich noch mal nach ihr um und sah, dass sie ihm nachsah, ihr Handy halb hochgehoben. Hans winkte ihr zu.

Er drückte auf den Aufzugsknopf.

Aus dem vierten Stock konnte er hören, wie sich im Erdgeschoss seufzend die Aufzugstür schloss, die Kabine mit einem Ruckeln in Bewegung kam und gemächlich nach oben fuhr. Es wäre zu Fuß schneller gewesen, aber zu spät, jetzt war der Aufzug ja schon unterwegs.

Was Windisch wohl von ihm wollte? Es war extrem ungewöhnlich, sich nach der Mittagszeit im Einstein zu verabreden. Dann waren keine Journalisten und Politiker mehr in diesem Lokal, nur noch Touristen für Kaffee und Kuchen.

Jemand kam die Treppe hoch. Dem Geräusch nach eine leichte Person. Wo blieb denn der Aufzug nur. Die Schritte verlangsamten sich, blieben stehen.

»Hans.«

Es war Niki. Sie wirkte irgendwie betreten.

»Wieso gehst du nicht an dein Telefon? Ich hab's tausendmal bei dir versucht.«

»Batterie ist alle. Können wir nachher reden? Ich bin gerade ganz schlimm in Eile …« Endlich hatte der Aufzug das oberste Stockwerk erreicht.

»Hans, dein Auto steht leider noch in Baden-Baden. Ich war so wütend heute Morgen, ich hab den Zug genommen. Aber sag mal, das ist ja fürchterlich, was war denn noch, was ist denn passiert?«

»Du, ich hab grad gar keine Zeit leider … Windisch … Der wartet schon … Nachher, ja? Schön, dich zu sehen.«

Er riss die Fahrschachttür auf, wartete, bis sich die automatische Fahrkorbkabinentür dahinter geöffnet hatte, sprang in die Kabine, drückte auf Null wie Erdgeschoss. Was meinte sie, was war fürchterlich? Und wie ärgerlich, nun musste er schnellstmöglich wieder nach Baden-Baden, so ein Pech aber auch. Ausnahmsweise sah er in den Spiegel. Zu dumm, dieser verdammte Kugelschreiberfleck war wirklich nicht zu übersehen. Er zupfte an seinem Kragen, strich sich ein paarmal durch die Haare und zog eine Grimasse. Irgendwann wunderte er sich, dass der Aufzug nicht fuhr, und bemerkte, dass er die Fahrschachttür nicht zugemacht hatte. Er lief aus dem Aufzug und fast in Niki hinein, die immer noch auf der obersten Treppenstufe stand, was ihm seltsam vorkam. Sie hatte ihr Handy in der Hand, sah aus, als wollte sie etwas sagen, aber er blieb nicht stehen, sondern lief winkend einen Bogen um sie herum zur Treppe, die er mit Riesenschritten hinunterstürmte. »Bis später«, rief er noch und fand den Klang seiner eigenen Stimme angenehm zuversichtlich.

22

Windisch saß hinten im Eck. Er schüttelte den Kopf, als er Hans sah.

Der entschuldigte sich, außer Atem, für seine Verspätung.

»Auch einen Kaffee?« Ohne eine Antwort abzuwarten, bedeutete Windisch der Kellnerin, Hans das Gleiche zu bringen, was er auch hatte. »Schlechte Neuigkeiten«, sagte er.

»Oha.«

»Sehr schlechte Neuigkeiten sogar.«

»Okay?«, sagte Hans, vorsichtig.

»Pass auf, die haben's jetzt auf mich abgesehen. Die Börne. Hat man sich denken können, aber dass es so schnell kommt, hatte ich nicht gedacht.«

»Aha.«

»Du warst ja gestern nicht da …«

»Mein Vater hatte einen Schlaganfall …«

»… da hast du echt was versäumt, also das sage ich dir.« Windisch klopfte bitter lachend mit dem Löffel gegen den Rand seiner leeren Espressotasse. »Und stell dir vor, womit sie mich bitte zur Strecke bringt, mich, den größten Miles-Davis-Fan, den es überhaupt gibt in Europa, und James-Brown-Fan. Und natürlich Billie-Holiday-Fan. Du weißt ja, wie sehr ich die Billie Holiday verehre, Hans, oder? Hast du nicht sogar meinen Aufmacher zu irgendeinem Jubiläum von ihr redigiert, das warst doch du, oder?«

»Natürlich«, sagte Hans. »Ein sehr schönes Stück war das, unvergessen.«

»Aber für die Börne bin ich ein Rassist. Und soll ich dir sagen, wie sie sich diesen Gedanken in ihrem kleinen Hirn zusammenfabriziert hat? Es ist der Wahnsinn, der schiere. Du glaubst es nicht. Pass auf.«

Und dann erzählte er, was sich in der Konferenz am Vortag zugetragen hatte.

Es war eine große Konferenz gewesen. Alle dabei. Sogar Franziska Börne, die normalerweise nicht in den Feuilletonkonferenzen saß. Wie Windisch es darstellte, war es zunächst um sein Xandi-Lochner-Porträt gegangen.

»Aber das ist doch noch gar nicht geschrieben.«

»Ja, jetzt warte mal.«

Frau Börne habe darauf hingewiesen, dass sie es aus irgendwelchen Gründen – Windisch streckte die Zunge raus und vollführte mit beiden Mittelfingern einen kleinen Tanz – für geboten hielt, dass eine Frau und nur eine Frau eine Feministin porträtiere. Also eine Frau allein. Offenbar hatten die Frauen im Feuilleton die Chefredaktion eingeschaltet. »Für wie falsch ich das halte, muss ich dir wohl nicht erzählen«, sagte Windisch. Wahre Gleichberechtigung sei erst erreicht, wenn alle Menschen ... Gerade Männer ... Feminis*ten* ... männlich ... ausnahmsweise meine er das gegendert ... An dieser Stelle pfefferte er den Espressolöffel auf den Tisch.

Walter Windisch redete sich in Fahrt. Hans hatte ihn schon oft über dieses Thema monologisieren gehört, bei dem er vom Hölzchen übers Stöckchen schnell auf sein Lieblings-Hassthema Kulturelle Aneignung kam, das ihn ganz persönlich anzugreifen schien, weil er sich als kleiner Junge in Wien als Indianer verkleidet hatte, aber nicht in herabsetzender Absicht, wie er schon tausendmal erklärt hatte, insbesondere vermutlich sich selber, sondern weil er Indianern liebevoll zugetan war. »Die Cowboys, Hans, ich hab doch natürlich die Cowboys gehasst!« Ihn regte auf, dass alles immer kleiner und kleiner gedacht werde, dass nie mehr Menschen als Menschen für oder gegen etwas waren, sondern sich in immer spezifischer werdende Untergruppen unterteilten. Hans wusste schon, bevor Windisch es sagte, dass er gleich sagen würde, dass er im Fernsehen eine Demonstration in Amerika gesehen habe, »bei der *Jews* für die Rechte von *Indigenous Peoples* demonstriert haben. Warum nicht einfach als Mensch für die Rechte der *Indigenous Peoples* sein?« Demnächst würden noch zum Katholizismus konvertierte Jüdinnen für die Erhaltung des Regenwalds demonstrieren. Oder nichtbinäre Schwarze für die Abschaffung des Rundfunkbeitrags. »Oder war das schon?«

Er ließ eine so lange Pause, dass Hans ein Zweifel beschlich, ob die sarkastisch vorgebrachte Frage womöglich gar nicht rhetorisch gemeint gewesen war. »Nein«, sagte er irgendwann, aber Windisch war in Gedanken versunken, er schien es gar nicht zu hören.

»Es ist alles der Wahnsinn. Der Wahnsinn«, flüsterte er schließlich. »Wie kam ich jetzt da drauf? Ach so, ja, die Konferenz. Die Konferenz.« Er habe Hans als Co-Autoren verteidigt, habe seine Verdienste für »Die Zeitung« ins Feld geführt, habe wirklich alles Menschenmögliche für ihn getan, da könne er alle fragen, die dabei gewesen waren. Er schüttelte in Gedanken an den von ihm ausgefochtenen Kampf den Kopf.

»Und was heißt das jetzt?«, fragte Hans.

»Kopf hoch, Hans, du wirst andere schöne Stücke schreiben«, sagte Windisch und knuffte Hans gegen die Schulter. »Du hast da übrigens einen Fleck.«

»Ja, ich weiß.«

»... wenn auch nicht bei dieser Zeitung.«

Hans hatte in den nächsten Minuten Mühe, Folgendes zu verstehen. Die Zeitung sparte. Es war der verdammten Börne gelungen, ein paar Ressorts zusammenzulegen, etwa Sport und Wirtschaft, aber eben auch das Feuilleton mit dem Gesellschaftsteil, den Windisch bekanntermaßen sowieso überflüssig fand (»Wenn sie wenigstens über die Gesellschaft schreiben würden, das wäre ja noch interessant – aber nein, sie schreiben einfach nur über B- und C-Schauspieler«). Das bedeutete, dass es nur noch eines Ressortleiters für diese beiden Zeitungsteile bedurfte, und die Wahl der Chefredaktion war auf Mareike von Kurthy gefallen, die Leiterin des Gesellschaftsteils.

»Damit sind wir raus, Hans«, sagte Windisch, obwohl sich der Plural an dieser Stelle nicht erschloss. Aber es ging ja noch weiter. Die Diskussion hatte sich auf andere Schauplätze der kulturellen Kämpfe unserer Zeit ausgeweitet. Stichwort Billie Holiday. Auf einmal, Windisch wusste es selbst nicht mehr herzuleiten, sei es um die Frage gegangen, wie dieses Feuilleton zu nachträglichen Korrekturen von nicht mehr als politisch korrekt geltenden Begriffen in der Literatur stand. »Und da habe ich eben das N-Wort benutzt, aber halt das ganze Wort, Hans.« Windisch sah nach rechts und nach links, bedeutete Hans, etwas näher an ihn heranzukommen, und flüsterte ihm das Wort ins Ohr. »Ich habe es aber nicht gesagt, um jemanden zu beleidigen, sondern ich habe es als Zitat gebraucht. Als das Wort, das nicht mehr gesagt wird. Eben das Wort als solches. Verstehst du, verstehst du das, Hans?«

Hans nickte.

»Und Börne hat mich dann einen Rassisten genannt, weil ich das N-Wort ausgesprochen habe. Dabei habe ich es ja nur semiotisch gemeint, als Zusammensetzung von Buchstaben, bei denen man sich darauf geeinigt hat, dass sie etwas Bestimmtes, das ich nicht subjektiv eingefärbt habe, ganz neutral … ohne inhaltliche Zuschreibung jedweder Couleur … Couleur. Haha.« Er war sichtlich um Fassung bemüht.

»Hans, das sind schlimme Zeiten, die wir da gerade erleben. Da sind wir beide noch das geringste Opfer.«

Hans nickte tapfer.

»Nein wirklich, Hans. Wenn das einmal hinter uns liegt, bin ich gespannt, was von uns übrig ist. Ach so, du bist zukünftig übrigens Onlineredakteur. Ich würd's nicht mit mir machen lassen, aber musst du natürlich selber wissen. Die tüchtige Frau Rammesacker wird sich fortan um den Bereich Kunst bemühen, eventuell kommt noch jemand Neues als Verstärkung hinzu.«

23

Wenig später lag Hans Benedek auf dem abgenutzten grauen Teppichboden in seinem Büro, den Kopf unter seinem Schreibtisch, weil es dort am dunkelsten war, die Hände auf seinem Bauch gefaltet, der sich beängstigend rasch hob und senkte. Er konnte sich nicht erinnern, wann ihm zuletzt so schwindlig gewesen war. Ob überhaupt jemals?

Der Teppichboden war übrigens gar nicht einfarbig grau, sondern setzte sich aus blauen und grauen Stoffpunkten zusammen, die eine unebene Oberfläche ergaben. Von Nahem betrachtet war der Teppich ein Gebirge, es ging runter und hoch und wieder runter und hoch. In einer Ritze schimmerte etwas braun. Hans streckte seinen Zeigefinger danach aus und führte es dicht vor seine Augen. Sieh mal einer an, ein einsames Leinsamenkorn. Wie kam denn das hierher? Ob es sich mal in selbstmörderischer Absicht von einem Brötchen gestürzt hatte und im Nirvana gelandet war? Wie es glänzte. Wie perfekt es war. Eine kleine glatte feste braune Träne. Hans betrachtete es von allen Seiten und schnippte es fort.

Das freundliche helle Lachen von Frau Kramer erklang im Flur. Eine Männerstimme sagte etwas, das nicht zu verstehen war. Schritte.

»Und hier ist das Büro von Hans Benedek«, sagte Frau Kramer.

»Gute Aussicht«, sagte der Mann. Seine Stimme kam Hans bekannt vor.

»Ja, das stimmt, diese Büros zur Straße hin sind natürlich heller. Und man kann die Fenster öffnen, das geht bei Ihrem Büro natürlich nicht. Dafür ist es nach hinten zum Hof raus viel leiser.«

»So hat alles sein Pro und Kontra.«

Es war Lothar Herzig. Hans erkannte ihn am Lachen. Und natürlich am blöden Spruch.

»Und wo sitzt Online?«, fragte Herzig.

»Ein Stockwerk weiter unten«, sagte Frau Kramer, »aber ich weiß natürlich nicht, ob Herr Benedek dann jetzt umzieht …«

»Nein, natürlich nicht. Er hat ja hier auch ein sehr schönes Zimmer.«

»Das stimmt, es ist ein schönes Zimmer.«

Allmählich lichtete sich der Nebel in seinem Gehirn.

Die Schritte entfernten sich, es wurde leise. Hans spürte seinen Pulsschlag. Er stellte sich sein Herz vor. Dieses einsame, tapfere kegelförmige Organ, das schon sein ganzes Leben lang dafür sorgte, dass sein Körper überall und zu jeder Zeit von Blut durchströmt wurde, selbst wenn er schlief. Wie in einer Computersimulation sah er den Hohlmuskel freigestellt vor sich, fuhr einmal um ihn herum, während das Organ pumpte, sich abwechselnd weitete und zusammenzog, weitete und zusammenzog. Was für ein zuverlässiger Gefährte, dachte Hans und horchte. Alles war still. Er drehte sich um und krabbelte unter seinem Schreibtisch hervor. Im Flur waren erneut Schritte zu hören. Hans krabbelte wieder zurück, legte sich auf den Rücken, diesmal mit angewinkelten Beinen, und bewegte sich nicht.

»Hans?« Das war Niki.

Hans hielt den Atem an.

»Hans, ich sehe dich. Deine Füße gucken raus.« Sie sagte es ganz nett. Er konnte sie in sein Zimmer kommen hören und einen Moment darauf fühlte er einen sanften Kick gegen seinen Schuh.

Er verharrte noch einen Moment regungslos, dann drehte er sich um und kam rückwärts unter seinem Schreibtisch hervor.

»Hallo, Niki.«

»Hans. Deine Frau hat mich angerufen.«

Sie ging neben ihm in die Hocke, legte den Kopf schräg und streckte ihm eine Hand entgegen. Er ließ sich von ihr in eine aufrechte Sitzposition ziehen und streckte die Beine lang auf dem Teppich aus.

»Deine Frau hat mich angerufen, weil sie dich nicht erreicht.«

»Niki.«

»Ja?«

»Wusstest du, dass der Teppich gar nicht grau ist?«

»Er ist grau mit blau«, sagte sie, ohne hinzusehen.

»Er hat nämlich ganz viele blaue Punkte darin. Er ist wunderschön.«

»Ja, das ist er«, sagte Niki, und die Art, wie sie ihn ansah, brachte Hans fast zum Weinen.

24

Bis vor ein paar Monaten hatte in Frau Börnes Büro noch Wilhelm Gerhardt gesessen, ein ganz feiner Mensch und Kollege, der über klassische Musik schrieb. Ihm war im Zuge des neuen Sparprogramms angeboten worden, in Frührente zu gehen, und er hatte das Angebot angenommen, zur Überraschung aller. Nur Frau Kramer wusste schon länger, was der Rest der Redaktion erst bei seinem Abschied erfuhr, dass seine Frau Krebs hatte und er sich um sie kümmern wollte. Über die Jahrzehnte, die er bei der Zeitung arbeitete, war sein Büro völlig zugewachsen mit Büchern und sonstigen Unterlagen und Kram. Die Putzkolonne weigerte sich, sein Zimmer zu betreten. Manchmal hatte Frau Kramer ein Erbarmen und ging mit dem Staubwedel durch. Aber um seine Pflanzen kümmerte Herr Gerhardt sich allein. Er hatte einen ganzen Wald aus Topfpflanzen. Einige stießen nicht nur an der Decke an, sondern wuchsen schon an ihr entlang, bildeten einen Baldachin aus dunkelgrünen Blättern, eine Laube, unter der er saß, schrieb, las. Das Klima in seinem Raum, der nach hinten ging, nicht zur Straße, und in den nur indirekt Tageslicht einfiel, nur durch die Milchglas-Überdachung des Innenhofs, war durch die vielen Pflanzen tropisch-feucht. Vor allem im Winter hielten sich die rauchenden Kollegen gerne bei ihm auf, der zwar selbst nicht rauchte, aber nichts dagegen hatte, wenn in seinem Büro geraucht wurde, oder jedenfalls hatte er nie etwas gesagt. Walter Windisch verbrachte manchmal Stunden im Gewächshaus, wie er das Büro von Herrn Gerhardt zu nennen pflegte, dabei interessierte er sich überhaupt nicht für klassische Musik und hasste auch eigentlich Menschen. Aber offenbar stimmte das gar nicht. Vielleicht hatte er sogar im Gegenteil ein sehr sensibles Gespür dafür, wer kein Arschloch war. Wann immer Hans dazugekommen war, weil er Windisch suchte und Frau Kramer ihn in Gerhardts Büro weitergeschickt hatte, saßen die beiden schweigend zusammen und gingen jeder seinen eigenen Dingen nach wie ein altes einträchtiges Ehepaar.

Es hatte Wochen gedauert, bis Herr Gerhardt seine Bücher in Kartons verstaut hatte, die meisten hatte er gespendet. Dunkelhaarige zierliche Männer in Sportkleidung hatten sie abgeholt und die schweren Kartons die vier Stockwerke heruntergetragen, als wäre es nichts.

Seine Pflanzen hatte Herr Gerhardt zurückgelassen. In ihrer Wohnung sei für sie kein Platz. Karen Rammesacker hatte sich eine große Fächerpalme in ihr Büro geholt, Frau Kramer einen Ficus Lyrata, dessen dunkelgrüne Blätter aussahen wie Plastik. Man konnte beide seither manchmal mit der roten Gießkanne im Flur sehen, die ebenfalls Herrn Gerhardt gehört hatte. Sonst hatte niemand Interesse an den Pflanzen gehabt. Ein paar Tage standen sie noch in dem leeren Büro, in dem Handwerker die Wände strichen und Möbelpacker einen neuen Metallschrank aufbauten. Dann waren sie weg. Entsorgt.

Hans hatte geklopft, und Frau Börne hatte »Herein« gerufen, und jetzt stand er in ihrem Büro wie bestellt und vergessen. Sie tippte irgendwas und hatte noch kein Mal von ihrem Bildschirm aufgeschaut. Sie hatte einen blauen Blazer an, der metallisch glänzte. Er sah neu aus, wie frisch aus dem Laden.

Der Raum wirkte seltsamerweise viel kleiner, jetzt wo er so leer war. Frau Börne hatte kein Bild aufgehängt. Die Klimaanlage sorgte für trockene kalte Luft. Hans versuchte sich in Erinnerung zu rufen, wie Herr Gerhardt hier an seinem Schreibtisch gesessen hatte, die randlose Brille ganz vorne auf der Nasenspitze, die Hände auf dem Tisch gefaltet, oft lief klassische Musik. Es war erst ein paar Monate her, und doch war es, als wäre Herr Gerhardt nie hier gewesen, er war fort, das Redaktionsleben war weitergegangen, vielleicht hatten viele Leser sein Verschwinden noch nicht mal bemerkt. Hans beschloss, Frau Kramer nach seiner Nummer zu fragen und vielleicht einmal mit einem Blumenstrauß … Oder einfach Frau Kramer zu fragen, ob sie wusste, wie es ihm ging.

»Herr Benedick«, sagte Frau Börne. Hans war sich sicher, dass sie seinen Namen extra falsch aussprach. Sie drehte den Sitz ihres extrem professionell aussehenden Bürosessels in seine Richtung, während ihr Oberkörper noch einen Moment vor der Tastatur hing, bis sie etwas fertig getippt hatte. »So.« Nun war auch ihr Oberkörper in seine Richtung gedreht, sie gehörte ganz ihm oder umgekehrt. »Herr Benedick, das ist eine Katastrophe für die Zeitung, was da auf Twitter los ist.«

»Was ist denn auf Twitter los? Frau Börne, mein Vater hatte einen Schlaganfall, ich war in Heidelberg und hatte kein Ladekabel dabei.«

»Jetzt sagen Sie mir nicht, dass Sie nicht wissen, was los ist.«

Er zuckte mit den Achseln.

»Darf ich fragen, wessen Idee es war, dass Sie Xandi Lochner porträtieren?«

»Meine. Nein, die meiner Frau.«

»Wissen Sie, was? Ich glaube, Sie gehen jetzt mal an Ihren Computer und gucken, was auf Twitter los ist, wenn Sie Ihren Namen eingeben. Oder den Hashtag ›DieZeitung‹. Und anschließend haben wir beide eine Grundlage, auf der wir uns unterhalten können.«

Frau Börne drehte sich wieder zu ihrem Computer, auf dem während ihres kurzen Gesprächs jede Menge neuer Mails eingetroffen waren, jede von einem kleinen Pling angekündigt.

»Was meinen Sie, was ich mir Ihretwegen jetzt alles anhören darf?«, sagte sie, während sie auf den Bildschirm sah. Und schon begann sie, irgendwas rasend schnell mit allen zehn Fingern zu beantworten.

Ohne Eile ging Hans in sein Büro. Er machte die Tür zu. Sein lächerlicher Bürosessel stand noch vor dem Besuchersofa. Er zog ihn zurück vor den Schreibtisch, auf dem es aussah, als hätte eine Bombe eingeschlagen. Wie hatte er sich hier je konzentrieren können? Die Wahrheit war, dass ihm das Chaos nie aufgefallen war. Er wusste immer, wo etwas lag. Die aktuellen Sachen weiter oben, ganz unten die Sachen von vor ein paar Jahren, wie bei allen anderen archäologischen Ausgrabungen auch. Mit einem Schwung wischte er den ganzen Haufen von seinem Schreibtisch. Bücherberge stürzten zu Boden, rissen überflüssig ausgedruckte Manuskripte und anderen Papierkram mit. Er nahm den Locher, den er genau kein Mal pro Jahr benutzte, und schleuderte ihn mit aller Kraft gegen den hässlichen blauen Büro-Metallschrank. Mit Genugtuung sah er dass er eine Beule hinterließ.

Er setzte sich, beugte sich halb unter den Tisch, um den Rechner anzustellen. Auch der war begraben unter Magazinstapeln und Krimskrams. Büroklammern, Gummis, Visitenkarten. Hans fegte alles mit der flachen Hand hinunter. Er setzte sich wieder aufrecht. Der Computer sprang mit dem satten Begrüßungs-Sound an. Die

Programme fuhren eines nach dem anderen hoch. Es dauerte ewig. Warten auf die Hinrichtung.

Er öffnete Twitter.

»Wenn der Journalist, der über dich schreibt, zuerst seine Kollegin ausbootet und einem dann nachts auf dem Hotelzimmer die Welt erklärt.« Das hatte Xandi Lochner vor etwas mehr als zwei Stunden gepostet, dazu ein Foto von ihm, auf dem er sich gerade im Hotel die Schuhe auszog. Wie üblich trug er keine Strümpfe, wodurch die Situation etwas Anrüchiges zu haben schien. Darunter hatten sich ein paar Hundert Kommentare angesammelt. Vorsichtig begann er zu lesen.

Einfach nur widerlich

Ernsthaft, @diezeitung?

Geht gar nicht. Typisch Mann.

Urgh, wenn ich den Namen Hans Benedek sehe, schmeiße ich @diezeitung immer direkt in die Ecke. Schade, dass der da so oft so lange Texte schreiben darf.

Geht mir genau so

Ich lese dieses ekelhafte Blatt nicht. Fake News.

Was stimmt mit Hans Benedek nicht?

Was stimmt mit @diezeitung nicht, dass sie so einen widerlichen Macho dort schreiben lassen?

Warum schreiben Männer über Frauen, das ist auch eine Art von Gewalt, just sayin'

Ich werde nie mehr diese Schweinezeitung lesen, pfui, geht's noch, bin völlig angewidert.

Euer Ernst, @diezeitung?

Einfach nur asozial

Mir hat's schon bei seinem Text über den letzten Polanski-Film gereicht. Abo sofort gekündigt. So was gehört abgestraft.

Die stecken alle unter einer Decke. So widerwärtig, das kotzt mich echt an

Rapeculture

Geht's noch, @diezeitung?

Hahaha, Hans Benedek doing his Hans-Benedek-thing

Ich könnt im Strahl kotzen, wenn ich den Typen auf der Straße sehe, polier ich ihm die Fresse, elitäres Journalistenpack

Unsäglicher Typ, ich erinnere nur an sein Beyoncé-Porträt

Kann man das irgendwo lesen?

Ja hier (Link)

Geht nicht, das ist hinter ner Bezahlschranke

Typisch, Abzocke!

I'm doing Promo for anyone who follows me! Let's push your brand, business, music, etc. Just dm me!!

Das ist ein Schlag in die Fresse von Feministinnen, und falls ihr euch fragt, wie misogyn und erbärmlich männliche Journalisten noch werden können, Hans Benedek zeigt es eindrucksvoll

*Moment, Feminist*innen haben eben keine Fresse, sie haben ein Gesicht. Sonst aber bin ich total deiner Meinung.*

Kann den Beyoncé-Artikel nicht lesen, weil er kostet. Aber die Bildunterschrift sagt schon alles

Wo kann man den Text über Beyoncé lesen? Frage für einen Freund

Danke an dieser Stelle auch an @diezeitung, die offensichtlich kein Problem im sexistischen Verhalten ihres Mitarbeiters sieht. Und in dem tendenziösen Müll, den Hans Benedek so abliefert. Ich hoffe, das kostet ein paar Abos.

Oh Mann, echt, solche Typen ... I can't even ...

Aufmerksamkeit. Steigert seinen Wert als »Feuilletonboy« ungemein.

Es reicht jetzt. Irgendwann ist es genug und es ist eine andere Zeit angebrochen, in der so was nicht mehr geduldet wird.

Ich kann mich den Beiträgen nur anschließen. Wie kann man als Zeitung so jemand beschäftigen. Und dann auch noch die

Dreistigkeit besitzen, so jemand zu Xandi Lochner zu schicken. Ganz unten, @diezeitung, euch braucht kein Mensch mehr

*Sehr bezeichnend, @diezeitung. Wieder einmal schreibt kein*e rassifizierte*r Angehörige*r einer marginalisierten Gruppe für euch, sondern ein Mitglied der weißen Mehrheitsgesellschaft, die natürlich um ihre Privilegien fürchtet.*

Aha, ist das noch so üblich bei den Journalistenboys, Interviews auf dem Hotelzimmer zu führen? Wann wachen die endlich auf? Ich kauf die @diezeitung bestimmt nicht mehr

Wann kommt der Text? Kann was zum Lachen gebrauchen?

Sorry, @diezeitung, nach eurer wirklich bescheidenen Theaterkritik neulich ist dieser Möchtegern-Relotius Hans Benedek der nächste Totalausfall.

Ein Abo weniger!

Alter weißer Mann trifft auf genialste Frau der Welt. Xandi, du bist die Größte!

Noch einer vom Typ: privilegierte Edelfedern des Patriarchats

Ach so, der Benedek hat jetzt auch gemerkt, dass es Feminismus gibt? Und sich dann wie so ein Trittbrettfahrer an Xandi Lochner ranschmeißen, um bekannt zu werden. Vielleicht bisschen früher aufwachen nächstes Mal?

WTF @diezeitung???

Who the hell is Hans Benedek

So true

Ich habe seine Texte im Feuilleton früher gern gelesen. Aber jetzt hat er sich für mich endgültig disqualifiziert.

Nur noch Schock.

Wieder so ein untervögeltes Weissmännlein, das seine Wut, abseits der Gesellschaft zu stehen, beidhändig in eine Zeitung wichst.

Feuilletonboy-Classic. Was anderes kennen die gar nicht. Schämen sollten sie sich.

Sieht aus wie ein Hund aus den Loriot-Comics, der Herr Benedek

Und dafür wird so jemand bezahlt

Ist es wirklich so schwer für einen Mann zu erkennen, wo Flirten aufhört und Übergriffigkeit anfängt? Nein heißt Nein! Dass man das überhaupt noch erklären muss

Flirten? Das ist ein Journalist, der soll nicht flirten

Uff ist das hart

Xandi, bitte nächstes Mal eine Triggerwarnung. Das ist echt ein sensibles Thema für viele.

Oh ja, da schließe ich mich an, Xandi. So sorry, dass dir das passiert ist, aber Triggerwarnung wäre gut.

Funny cause it's true and sad cause it's funny

Echt jetzt? Muss mich kurz hinlegen

Das Patriarchat schläft nie

Uffz jetzt.

Abokündigung ist raus!

Dass sich überhaupt ein weißer Mann bemüßigt fühlt, ein Porträt über eine Feministin zu schreiben ... Und das kommt dann eben dabei heraus.

»Hans?«

Hans erschrak. Er hatte so vertieft gelesen, er hatte niemanden kommen gehört. Im Türrahmen stand Lothar Herzig. Hans hatte ihn noch nie in einem dunklen Anzug gesehen. Er sah wie ein Model für Beerdigungen aus.

»Tut mir leid, Buddy«, sagte Herzig mit Blick auf den Bildschirm.

»Ja, so was«, sagte Hans, um etwas zu sagen. Er gab sich Mühe, es heiter verdutzt klingen zu lassen, aber es kam nachdenklich heraus.

»Aber du weißt, Hans, Shitstorms ziehen vorüber, du bleibst.«

»Lothar Herzig«, sagte Hans.

»Was?«

»Nichts.«

»Nimm dir das bloß nicht zu Herzen, das beruhigt sich

wieder, und in zwei Tagen wird die nächste Sau durchs Dorf gejagt. Das wirkt jetzt nur so krass. So geballt auf einmal ...«

»Na klar. Hey, gratuliere übrigens zum neuen Job.« Hans sagte es voller Sarkasmus.

»Ah, du hast es schon gehört. Ja, wir sind jetzt Kollegen. Ich freu mich irre auf die Zusammenarbeit.«

Herzig kam mit ausgestreckter Hand auf ihn zu. Im letzten Moment nahm Hans irgendwas von seinem Schreibtisch, was er eben gerade greifen konnte. Als Herzig zu ihm aufgeschlossen hatte, hielt Hans in der einen Hand einen Briefbeschwerer aus Jade, in den der Name eines Musiksenders geprägt war, den es nicht mehr gab, in der anderen ein altes Nokia-Handyaufladegerät.

»Okaaaay«, sagte Herzig. Er stand einen Moment unschlüssig vor ihm, dann brach er sein Vorhaben, ihm die Hand zu schütteln, ab und schlängelte sich hinter Hans vorbei zum Fenster durch. »Ich hätte es dir gern vorher gesagt, aber ich durfte nicht. Verstehst du, oder?«

»Natürlich. Gratuliere. Alles gut.«

»Gute Aussicht hier.« Herzig sah nach unten auf die Straße. Es war schon dunkel draußen. Im gegenüberliegenden Gebäude sah man Leute an ihren Schreibtischen auf Bildschirme starren. Herzig stützte sich mit beiden Händen auf die Holzverkleidung über der Heizung und brachte seinen Oberkörper nach vorne, als wollte er gleich, man müsste nur noch die Fenster aushängen, eine wichtige Rede ans Volk halten.

»Xandi Lochner scheint Michi Denninger ja gründlich vernichtet zu haben bei ›Ois Bonanza‹.«

Hans legte den Briefbeschwerer wieder auf den Schreibtisch und machte sich daran, das Kabel des Ladegeräts aufzurollen.

»Ja. Hat dir das Niki erzählt?«

»Und dass sie Mareike Glockner wieder ausgegraben hat. Die hatte ich völlig vergessen. Mareike Glockner. Groß. Super Überschrift auch: *Wem die Glockner klingelt*. Genial.«

Überschrift?

Hans hatte das Kabel fertig gewickelt und versuchte nun, das Ende darunterzustecken, aber er hatte zu eng gewickelt. Unmöglich, da noch etwas darunterzubekommen. Er hatte sogar Mühe, seine Hand daraus wieder hervorzuziehen.

»Also jedenfalls ist das die Online-Überschrift. Hoffentlich nehmen wir die auch für Print. *Wem die Glockner klingelt*. Die Überschrift ist von Frau Rammesacker. Grandios.«

»Ja«, sagte Hans. »Grandios.« Er hatte genau auf die Beule im Metallschrank gezielt, aber das Aufladegerät prallte ein gutes Stück darüber auf. Es hinterließ leider keine Beule, aber der Knall war schön laut. Hans war zufrieden. Er nahm den Jadestein und wiegte ihn in seiner Hand.

»Was soll das denn?«, fragte Herzig erschrocken und eilte in geduckter Haltung hinter Hans vorbei zur Tür und raus.

25

Am Bahnhof Friedrichstraße war die Hölle los. Hunderte müde aussehende Menschen hatten ihr Tagwerk beendet und warteten auf die S-Bahn, um nach Hause zu fahren. Nach Feierabend sah das wirklich nicht aus, dachte Hans, der das Verlangen, auf sein Handy zu gucken, inzwischen körperlich spürte. Es grenzte an Folter, nicht zu wissen, wer ihm gemailt, wer ihn angerufen hatte, überhaupt, was gerade los war auf der Welt. Er sehnte sich nach Henriette, die so oft die Stimme der Vernunft in seinem Leben war. Sie hätte ihm bestimmt erklären können, was all die Gefühle bedeuteten, die in ihm tobten.

Ganz brav hatte er sich soeben eine Fahrkarte gekauft, die in diesem gottverlassenen Großstadtkaff inzwischen viel mehr kostete als in New York oder Paris. Zwei mittelalte Frauen drehten sich erschrocken nach ihm um. Hatte er gerade laut aufgelacht?

Hatte er gerade *mittelalt* gedacht?

Er versuchte, den Fahrschein zu entwerten, aber der war auf zu dünnes Papier gedruckt und wellte sich ständig, sodass es unmöglich war, ihn bis nach hinten in den

Automatenschlitz zu schieben, wo er gestempelt werden würde. Er versuchte es mehrmals, zog den Schein wieder heraus, strich ihn glatt, versuchte es erneut. Ohne Erfolg. Am liebsten hätte er gegen den Automaten getreten, aber er hatte nur Lederslipper an. Irgendwann ertönte endlich das verdammte Pling, er hatte es geschafft.

Noch zwei Minuten bis zur Einfahrt der verspäteten S-Bahn, zeigte die Anzeigetafel an. Warum entschuldigten sie sich nicht. Warum musste man sich eigentlich alles gefallen lassen im Berliner Nahverkehr, wurde hier zum Deppen degradiert, in Wagen gepfercht, die erst mal wieder nicht losfuhren, bis irgendwann eine Männerstimme aus dem Lautsprecher kam, die einen dieser Berliner Sprüche abließ – »Ick hab Zeit, Leute, bleibt ruhig im Türbereich stehen, wa«.

Hans dachte an seinen Vater. Dann dachte er schnell an seinen Fiat X1/9. Er würde direkt morgen früh mit dem Zug … Wo hatte er eigentlich den Zweitschlüssel? War er wirklich erst gestern in Baden-Baden gewesen, es schien so lange her zu sein. Aus allen möglichen Richtungen prasselten auf einmal Fragen auf ihn ein. Warum hasste ihn Xandi Lochner? Seit wann hatte es Herzig auf seinen Job abgesehen? Wie hatte er Franziska Börne so unterschätzen können? Wie würde es mit Windisch weitergehen? Ab wann war das eigentlich alles schiefgelaufen, warum hatte er die Zeichen nicht gesehen?

Irgendjemand stieß ihn versehentlich an, als plötzlich alle an ihm vorbei nach vorne drängelten, weil offenbar die S-Bahn kam. Er sah nach rechts, auf die Gleise. Man konnte den Zug schon sehen. Auf einmal überkam ihn ein überwältigendes Verlangen, und er gab sofort nach. Er riss die Dose Sparvar-Tiefschwarz aus der Tasche und schüttelte sie. Das wunderschöne klackernd-raschelnde Geräusch ließ ihn auf der Stelle hellwach sein. Er nahm die Kappe ab, roch schnell daran, ein alter Reflex, aber noch war das Lösungsmittel nicht zu riechen. Der Zug fuhr ein. Hans kämpfte sich durch die Menge nach vorne. Er musste so nahe wie möglich an die Wagen. Als er den Bereich betrat, in dem man nicht stehen darf, weil es zu nah am Gleis ist, spürte er, wie Hände nach ihm griffen, ihn hinten am Hemd zogen, und er stemmte sich dagegen, lehnte sich nach vorn. Es ging alles sehr schnell, zu schnell, um nachdenken zu können.

Er streckte den Arm aus, und als der zweite Wagen an ihm vorbeifuhr, drückte er auf den Sprühkopf. Es machte Pfffff. Erst kam nur Luft. Er schüttelte noch mal, dann strömte Farbe aus der Düse. Zunächst war die Linie etwas dünn, aber nachdem es ihm gelungen war, sich trotz der an ihm ziehenden Kräfte noch weiter nach vorne zu lehnen, wobei ihm die Kräfte vielleicht sogar halfen, wurde sie gleichmäßig und schön dick. Er ließ sich von den Rufen hinter ihm nicht ablenken, und auch nicht davon, dass an seinem linken Arm gezogen wurde. Er hielt einfach drauf. Durch das Fahren des Zugs entstand auf Höhe seines Arms eine gerade Linie. Er bemühte sich, den Strahl gleichmäßig aus der Dose kommen zu lassen, damit die Linie nirgends zu nass wurde und zerlief. Und abreißen durfte sie auch nicht. Sein einziges Ziel: eine möglichst schöne gerade Linie.

Als der Zug zum Stillstand gekommen war, hatte er die hinterste Tür genau vor sich, und er beeilte sich, sein Werk zu vollenden, bevor sie aufging. Jemand packte ihn unter den Achseln und zog an ihm, doch es gelang ihm, vor den überraschten Blicken der hinter der Tür wartenden Fahrgäste noch schnell zwei kurze Schrägstriche auf die Scheibe zu machen und damit aus der Linie einen nach hinten deutenden Pfeil.

»So, mitkommen bitte.« Wessen Hände auch immer ihn gehalten hatten, nun ließen sie los, und ein Mann, der eine Mütze des Berliner Nahverkehrsverbunds trug, packte ihn grob am Arm. Schon umringten ihn mehrere Männer mit Namensschildern. Einer sagte was von Sachbeschädigung und Polizei. Sie wirkten irgendwie stolz. Als hätten sie ihn lange gejagt und endlich zur Strecke gebracht. Dabei hatte er einfach dagestanden und sich auch überhaupt nicht gegen seine Festnahme gewehrt.

Es dauerte ewig, bis in dem fensterlosen Büro im Tiefgeschoss des Bahnhofs, gleich neben der öffentlichen Toilette, zwei Polizisten erschienen, die seine Personalien feststellten und das Geschehene zu Protokoll nahmen, irrsinnig umständlich mit elektrischer Schreibmaschine. Er wurde beschuldigt, Sachbeschädigung durch Graffiti gemäß § 303 II Strafgesetzbuch begangen zu haben.

»Wollen Sie dazu irgendetwas sagen?«

Wollte er nicht.

Dafür hatte er auf die Frage, was er sich dabei gedacht habe, eine präzise Antwort. »Nichts.«

26

Er hatte keine Ahnung, wie spät es war, als er endlich in ihre Straße einbog. Er war den ganzen Weg gelaufen, durch den nächtlichen Tiergarten. Im Stechschritt.

Es war kalt, aber es machte ihm nichts aus zu frieren. Auf der Straße des 17. Juni war ihm ein Fuchs begegnet. Er war etwa zehn Meter vor ihm plötzlich zwischen parkenden Autos hervorgekommen. Ihre Blicke trafen sich, und der Fuchs war dann eine Weile vor ihm hergeeilt, wobei er sich immer wieder nach ihm umsah, in dieser typischen geduckten Fuchshaltung, als hätte er etwas ausgefressen und die Befürchtung, dass alle Bescheid wussten, dass es aufgeflogen war. Irgendwann war er abgebogen und mit lautem Rascheln im Gebüsch verschwunden. Ansonsten war die Stadt leer. Ein paar Prostituierte in der Nähe des S-Bahn-Bahnhofs Tiergarten. Eine Gruppe betrunkener Jugendlicher kurz vorm Charlottenburger Tor. Ab Höhe TU waren wieder mehr Lichter an, mehr Menschen unterwegs.

»Pass doch auf«, brüllte ihn ein Fahrradfahrer an. Erst da merkte er, dass er bei Rot über die Straße gelaufen war.

Er hatte weder nach links noch rechts gesehen. »Verzeihung«, sagte er und lief weiter.

Pestalozzistraße, Kantstraße, Niebuhrstraße.

Wie viel Prozent der Fläche ihrer Straße war Autos vorbehalten? Sie parkten tatsächlich überall, sogar zweite Reihe. Ein paar Bäume hatten gerade noch so eben Platz. Bald würden sie ein trauriges Bild abgeben, ohne Blätter.

Vor ihrem Haus blieb er stehen. Im Wohnzimmer brannte Licht. Bestimmt machte sich Henriette Sorgen. Als sie zuletzt gesprochen hatten, hatte er auf den Kurhauskolonnaden in Baden-Baden mit Kastanien geworfen. Wie lange war das her?

Er schulterte seine Tasche neu, nahm die zwei Stufen zur Haustür.

Aufschließen. Reingehen. Aufzug. Die äußere Aufzugstür richtig schließen. Ruckeldiruck nach oben. Aussteigen. Schlüsselloch im Dunkeln finden. Aufschließen.

Hans setzte seine Tasche ab. »Huhu«, rief er. Keine Antwort.

Eigentlich würde er an dieser Stelle schon das Licht angemacht haben und durch den Eingangsbereich in den Flur geprescht sein, von dem es geradeaus zur Küche ging und nach rechts in ein Zimmer, das Henriette Lesezimmer nannte, obwohl dort nie jemand las. Bei Einladungen war es das Zimmer, in dem alle ihre Jacken ablegten. Jetzt hätte er schon die Küchentür aufgemacht, und, falls dort niemand saß, die Tür zum Wohnzimmer gleich hinterher. Und da hätte Henriette auf dem Sofa liegend einen Podcast gehört, sich von ihm einen kleinen Kuss auf die geschlossenen Lippen geben lassen, auf ihre Kopfhörer zeigend »noch fünf Minuten« geflüstert, und er hätte mit dem Mund stimmlos »Emma?« geformt, woraufhin sie geflüstert hätte, dass die in ihrem Zimmer sei, und er wäre auf Zehenspitzen aus dem Wohnzimmer gegangen und hätte hinten bei Emma angeklopft, dann irgendwann den Kopf hineingesteckt, aber die wäre gerade am Telefon gewesen, und so wäre er zurück in die Küche, hätte sich ein Glas geholt, wäre damit wieder ins Wohnzimmer, und hätte sich ganz leise von dem Rotwein eingeschenkt, den Henriette geöffnet hatte, und irgendwann hätte sie es nicht mehr ausgehalten, nicht zu wissen, wie es mit Xandi Lochner gelaufen war und wo er überhaupt so lange war, und sie hätte den Podcast ausgemacht, oder vielleicht wäre der dann sowieso vorbei gewesen, und ihm Löcher in den Bauch gefragt, und dann hätte er ihr alles erzählt. Vielleicht das mit seinem Vater zuerst.

Aber Hans stand immer noch im Eingangsbereich. Offenbar hatte niemand sein Kommen bemerkt. Aus dem Wohnzimmer oder aus der Küche waren Geräusche zu hören. Reden. Lachen. Musik. Das Lachen war Emmas, und er erkannte die Stimme seiner Frau. Er setzte die Tasche auf dem Boden ab und schaltete das Licht an. »Hallo?«, sagte er. Und dann noch mal, lauter, mit mehr

Schwung, so, als wäre er in diesem Moment erst hereingekommen. »Hallo.«

Keine Reaktion.

Er ging ein paar Schritte weiter in den Flur und lauschte.

Das Lachen und die Stimmen kamen eindeutig aus der Küche. Hörte er Gläser oder bildete er sich das ein? Jetzt kam auch wieder Musik. Jetzt stoppte sie. Und dann kam genau dieselbe Stelle wieder. Was war das noch mal, die Melodie kam ihm bekannt vor. Und wieder Stille, und dann hörte er einen Plumps, als wäre ein Mehlsack zu Boden gefallen, und dann irres Gelächter.

Hans riss die Küchentür auf.

In der Mitte des Raums lag Henriette auf dem Boden, lachend. Emma saß, ebenfalls lachend, auf der Kücheninsel, neben ihr stand der aufgeklappte Laptop. Beide hatten ganz rote Backen.

»Was macht ihr denn?«, sagte Hans.

»Hallo, Papa«, rief Emma.

»Perfektes Timing, Hans«, sagte Henriette und rollte sich in Seitenlage. »Ich lerne gerade twerken.«

»Mama, das ist nicht twerken, das ist ganz normal Afrohouse.«

»Ja, aber das kennt Papa doch nicht. Oder kennst du Afrohouse, Hans?«

»Papa, twerk mal«, Emma glitt von der Kücheninsel, »twerk mal, Papa.« Sie stellte sich seitlich hin, ging in die Knie, stützte sich mit beiden Händen auf den Oberschenkeln ab und begann, ihre untere Wirbelsäule rhythmisch auf und ab zu bewegen. »Guck, Papa, so.« Es sah aus, als winke sie ihm mit dem Po.

»Na, ihr habt ja vielleicht gute Laune«, sagte Hans.

Henriette stand auf. »Emmi, jetzt zeigen wir ihm, was wir einstudiert haben, ja? Setz dich mal hin, Hans. Und halt dich gut fest.«

Sie ging zum Laptop, und einen Moment darauf lief die Musik wieder, die er übrigens doch nicht kannte. Oder doch? Es klang ja heutzutage alles gleich.

»Moment«, rief Emma. Sie stellte sich breitbeinig vor den Esstisch, Hände in die Seiten gestemmt, Kinn gesenkt. Henriette startete die Musik noch mal neu und rannte hinter Emma. Sie stellte sich genauso hin wie ihre Tochter, guckte wie sie ernst zu Boden. Mit Einsatz einer Melodie, die ein Instrument spielte, das Hans nicht erkannte (Dudelsack?), begannen beide, mit dem, von Hans aus gesehen, rechten Fuß zu wippen und zeitversetzt ihre Köpfe zur Seite zu drehen. Erst guckte Emma nach rechts, dann Henriette, dann Emma nach links, dann Henriette. Dann nahmen beide ihre Hände von den Hüften, hielten die Hände übertrieben affektiert nach vorne, und machten im Rhythmus schnelle Bewegungen mit den Beinen, die wahrscheinlich synchron sein sollten, aber sehr unterschiedlich ausfielen. Manchmal berührten sie dabei mit einer Hand kurz einen Fuß, was Hans an Schuhplatteln erinnerte. Bei Emma sah das Ganze nach komplizierter rhythmischer Gymnastik aus, bei Henriette nach Winken und Joggen. Irgendwann machten beide gleichzeitig einen Hüpfer nach vorne, danach lief es wieder auseinander. Henriette rief »Ach nein« und »Mist, falsche Seite«, blieb irgendwann stehen und setzte sich auf die Kücheninsel. Gemeinsam sahen sie ihrer Tochter zu. Sie bewegte sich geschmeidig, hielt den Oberkörper ruhig, während sie mit den Beinen gegenläufige Bewegungen ausführte. Immer wieder änderte sie dabei den Gesichtsausdruck, guckte mal ernst, dann lieb, dann streckte sie die Zunge raus.

»Die Grimassen gehören dazu«, erklärte Henriette.

»Bis hier«, rief Emma, »weiter waren wir noch nicht.« Sie war total aus der Puste.

Henriette machte die Musik aus.

»Toll«, sagte Hans und klatschte.

»Oh, und weißt du, was passiert ist?« Henriette sprang von ihrem Platz und sah sich suchend um.

»Xandi Lochner hat auf Instagram ihren Gedichtband empfohlen«, rief Emma.

»Xandi Lochner hat doch tatsächlich meinen Gedichtband empfohlen.« Endlich hatte Henriette ihr Handy gefunden, es lag neben dem Toaster.

»Wie viele Likes jetzt?«, sagte Emma und versuchte, es ihr aus der Hand zu nehmen.

»Moment, jetzt warte, ich will noch die Kommentare …«

»Du musst einmal runterziehen zum Refreshen.«

Sie gab Emma ihr Telefon. Die setzte sich damit an den Tisch.

»414!«, rief sie.

»Naja«, sagte Henriette stolz.

»Schade, dass es den Verlag nicht mehr gibt«, sagte Emma, »sonst könnten die das jetzt neu auflegen.«

»Vielleicht findet sich ja ein anderer Verlag«, sagte Hans.

»Ganz bestimmt, die werden sich jetzt alle drum reißen.« Henriette zog eine Grimasse. Sie sah so jung aus mit ihren roten Backen und den verschwitzten Haaren.

Sie stellte sich hinter ihre Tochter und las auf dem Handy mit, dabei strich sie ihr über die Haare.

Irgendwann sah sie zu Hans. »Du siehst müde aus, war irgendwas?«

Aus Verantwortung für die Umwelt hat sich der *Verlag Kiepenheuer & Witsch* zu einer nachhaltigen Buchproduktion verpflichtet. Der bewusste Umgang mit unseren Ressourcen, der Schutz unseres Klimas und der Natur gehören zu unseren obersten Unternehmenszielen.

Gemeinsam mit unseren Partnern und Lieferanten setzen wir uns für eine klimaneutrale Buchproduktion ein, die den Erwerb von Klimazertifikaten zur Kompensation des CO_2-Ausstoßes einschließt.

Weitere Informationen finden Sie unter:
www.klimaneutralerverlag.de

MIX
Papier aus verantwortungsvollen Quellen
FSC® C014496

1. Auflage 2022

Covergestaltung: Barbara Thoben, Köln
Covermotiv: © Rüdiger Trebels
Gesetzt aus der Perpetua von Eric Gill
Satz: Buch-Werkstatt GmbH, Bad Aibling
Druck und Bindung: GGP Media GmbH, Pößneck
ISBN 978-3-462-00399-4